Der Trafikant
读报纸的人

［奥地利］罗伯特·谢塔勒（Robert Seethaler） 著

陈佳 译

天津出版传媒集团

天津人民出版社

图书在版编目（CIP）数据

读报纸的人 /（奥）罗伯特·谢塔勒著；陈佳译.
— 天津：天津人民出版社，2017.3（2019.5重印）
　书名原文：Der Trafikant
　ISBN 978-7-201-11257-2

　Ⅰ.①读…　Ⅱ.①罗…②陈…　Ⅲ.①长篇小说-
奥地利-现代　Ⅳ.① I521.45

中国版本图书馆 CIP 数据核字 (2017) 第 007065 号

Copyright © 2012 by Kein & Aber AG Zurich – Berlin.
All rights reserved.

著作权合同登记号：图字 02-2016-290 号

读报纸的人
DU BAOZHI DE REN

出　　版　天津人民出版社
出 版 人　刘　庆
地　　址　天津市和平区西康路35号康岳大厦
邮政编码　300051
邮购电话　（022）23332469
网　　址　http://www.tjrmcbs.com
电子邮箱　tjrmcbs@126.com

责任编辑　陈　烨
策划编辑　刘　吉
装帧设计　韩庆熙

制版印刷　天津旭非印刷有限公司
经　　销　新华书店
开　　本　880×1230毫米　1/32
印　　张　8.5
字　　数　120千字
版次印次　2017年3月第1版　2019年5月第2次印刷
定　　价　36.00元

版权所有　侵权必究
图书如出现印装质量问题，请致电联系调换（022-22520876）

有时必须要离开，

有时必须要留下，

这就是生活。

　　1937年夏末的某个周日，一场异常猛烈的暴风雨从萨尔兹卡默古特穿梭而过。这场暴风雨，给弗兰茨·胡赫尔滴答流淌的平静生命带来了前所未有的改变。

　　当远处第一声雷鸣隆隆响起，弗兰茨跑进了一座小渔房，他和母亲就住在这里。

　　这里是阿特湖畔一个叫努斯多夫的小村庄。

　　他深深钻入被窝，在羽绒被温暖的庇护中听着外面令人毛骨悚然的呼啸声。

　　暴风雨从四面八方摇撼着这间小屋。

　　房梁呻吟着，外面的百叶窗"砰砰"地被敲打着，屋顶上长满青苔的木瓦在狂风中颤动着。阵阵暴风裹着雨水噼里啪啦吹洒在窗户上，窗前几株已被折断的天竺葵淹没在花盆里。

　　在旧衣服箱子靠着的墙面上，挂着一尊铁制耶稣，摇摇欲坠，似乎任何一秒钟都有可能挣脱钉住它的钉子，从十字架上跳下来。

　　从不远处传来渔船撞击湖岸的声音。船只被汹涌波浪掀起，冲向湖边固定它们的桩子。

暴风雨终于平息下来，第一缕胆怯的阳光斑驳地洒在炭黑色的、被几辈人沉重的渔靴踏过的地板上，一直过渡到他的床上。

弗兰茨蜷缩成舒适的一团，便于脑袋从被窝里伸出来环顾四周。

小屋子还立在原地，耶稣像依旧被钉在十字架上，透过溅满水滴的窗户看去，窗外闪耀着唯一一瓣天竺葵花瓣，像一缕红色的、柔弱的希望之光。

弗兰茨慵懒地爬出被窝，走向小厨房，准备去煮一壶高脂牛奶咖啡。灶底的柴火依然是干燥的，烧起来非常快。他向明亮的火焰里凝视了一会儿。

突然一声响，门被打开了。

他的母亲站在低矮的门槛上。胡赫尔夫人在四十来岁人里算是一位苗条的女士了，看起来还是那么让人赏心悦目，尽管欠缺一些精力。她像大多数在邻近的盐场、牲口棚或者避暑客栈厨房工作的本地人一样，一生都在透支自己。

她仅仅是站在那里，一只手扶着门框柱子，微微低着头喘息。围裙紧贴在她身上，她的额头上散落着几缕凌乱的头发，鼻尖上落下几滴水珠。

在她身后的背景里，阴郁的沙夫山高高耸入灰暗的云天，天空已经在远处和近处又重新露出了些蓝色。

弗兰茨一直惦记着斜了的版刻圣母像，不知道是谁在很久以前把它钉在了努斯多夫小教堂的门框上，现在已经被岁月剥蚀得体无完肤。

"你淋湿了吗，妈妈？"他一边问着，一边用一根鲜绿的枝条来回拨弄灶火。他抬起了头，这时他才发现，她正在哭。

她的眼泪混杂着雨水一起落下，肩膀在颤抖着。

"发生了什么？"他把枝条塞进冒着浓烟的火中，吃惊地问道。

她没有回答，而是撑开了门，踉跄地走向他，然后停在了屋子的中间。有那么一瞬间，看起来她似乎在向四周寻找着什么，举起手做了一个无助的姿势，然后又滑落在膝前。

弗兰茨犹豫地往前迈了一步，把手放到她的头上，笨拙地抚摸着。

"到底发生了什么？"他用沙哑的声音又问了一遍。他突然有一种不适的感觉，觉得自己有点儿傻。以前，情况刚好是相反的——他大哭大叫，母亲抚摸他。

轻抚着她的头发，他触摸到了一缕缕纤细的温柔，他能感受到她头皮下温暖的脉搏在轻微地跳动。

"他被淹死了。"她低声地说。

"谁？"

"布莱宁格。"

弗兰茨的手停了下来，静静地放了一会儿，然后收了回来。

她掠起自己额上散乱的发丝，站起身来，掀起围裙的一角擦了擦脸。

"看你把屋子弄得乌烟瘴气的！"她一边说，一边从灶台里拿出那根鲜绿的枝条拨了拨火。

阿洛伊斯·布莱宁格，总听人说他是萨尔兹卡默古特最有钱的男人。

事实上，他只排第三。

让他极度恼火的是，他总被人说成是爱慕虚荣的蠢脑瓜子，这让他声名狼藉。

他有几公顷的森林和牧场、一家锯木厂、一家造纸厂、四个水产企业、大大小小不计其数的湖域和水产养殖区、两条大型渡船、一条游船，以及据说是四千米之内的唯一一辆汽车——施泰尔－戴姆勒－普赫公司的豪华香槟红色汽车。

淫雨霏霏是萨尔兹卡默古特的特色。街道被持续的雨水冲刷，豪华香槟红色汽车只能被困在生锈的铁皮屋里无人问津。

阿洛伊斯·布莱宁格看不出已经有60岁了，他永远是一副生气勃勃的样子。他很爱自己，爱自己的故乡，爱美食，爱烈酒和漂亮女人。

不过，审美这个事是很主观的，所以是相对的。基本可以这么说，所有的女人他都爱，因为没有哪个女人他不觉得漂亮。

他和弗兰茨的母亲是在几年前一场盛大的打渔节上认识的。她站在一棵老菩提树下，穿着一身天蓝色的连衣裙。她的小腿是浅褐色的，光滑无瑕得像那辆施泰尔－戴姆勒－普赫香槟红色汽车的木质方向盘。

那天，他点了新鲜的煎鱼，一罐果汁，一瓶樱桃酒。他们在吃饭期间，还没有试图多看彼此一眼，可没过一会儿，他们就一起跳起了波尔卡舞，甚至是华尔兹，并在彼此耳边说着悄悄话。

然后，他们手挽手环绕着波光粼粼的湖散步，毫无防备地走进了铁皮屋，又去到那辆红色汽车的后座上。这辆车的后座足够宽

敞，皮革柔软，减震器也上好了油……总而言之，那是一个圆满的
夜晚。

从此之后，他们就一直在这个铁皮屋里见面。那是一次次短暂
的火山喷发般的碰撞，不带任何的要求和期望。

对胡赫尔夫人来说，除了每次在车后座上大汗淋漓的畅快，还
有另外一份愉悦：每个月底，努斯多夫的储蓄银行都会准时飘进一
张金额不菲的支票。这定期的救济钱，让他们有能力从原来的旧渔
房直接搬到海岸边，每天至少能吃上一顿热饭，每年还可以乘汽车
去两次巴德伊舍①，可以喝到海滨大道咖啡厅里的热巧克力，然后再
去旁边的杂货店买几尺亚麻布做件新裙子。

阿洛伊斯·布莱宁格的慷慨之爱，也给胡赫尔夫人的儿子弗兰
茨带来了好处。这让他不用像其他年轻小伙子一样，每天要在某个
盐矿里或者粪堆中爬来爬去，挣点儿微薄的工资。他可以从早到晚
在森林里闲逛，躺在木板小桥上晒肚皮，或者遭遇坏天气时，就待
在被窝里沉溺于自己的想象和梦境。

可这些，在接下来的这件事发生之后，就都成了过去。

---

① 奥地利的一座温泉小镇，位于萨尔茨卡默古特地区中心的特劳恩河河畔。

　　四十年如一日——除了极少被一些令人反感的事情打破，比如第一次世界大战或者锯木厂的火灾——周日上午，阿洛伊斯·布莱宁格都会坐在金色莱奥波德餐厅的固定餐桌边，为自己点一份煎鹿肉、紫甘蓝、面包丸子，以及八罐啤酒和四杯双燃烧酒，用他深沉微颤的低音穷尽词汇来表达对上奥地利发生的民族性事件的关怀。比如像星火一样在整个欧洲蔓延的布尔什维主义，变傻的犹太人，变得更傻的法国人，还有国际贸易为人们提供了最好的、无限的前途。

　　最后，当他伴着午餐时间的困意趔趄着从岸边小路往家走时，他的周围出奇地安静。看不见一只鸟儿，听不见一声虫鸣，连在餐馆成群绕着他汗津津的脖子飞来飞去的大苍蝇都消失了。

　　天空沉重地悬挂在湖上，水面如镜子一般躺在地上，船只一动不动。那一刻，就好像整个空气都凝结了，周围的世界也纹丝不动地被禁锢其中。

　　阿洛伊斯还在惦记着金色莱奥波德餐厅的碎猪肉冻，他本可以点这个的，而不是煎鹿肉。虽然喝下了那么多烧酒，鹿肉还是像块砖头一样堵在胃里。

　　他用衬衫袖子擦去了额头上的汗珠，看向铺开在他面前那丝绒般柔软而深蓝色的水面。然后，他脱掉了衣服，他想游泳了。

这个季节，湖水凉爽舒适。阿洛伊斯下水之后，平静地吸气，一头扎下，在水下神秘莫测的暗沉深处呼出。在他差不多到达湖心时，天空已经落下了第一滴雨，在他继续往前游了大约50米之后，已经是大雨倾盆。雨滴沉重地拍打着水面，打出均匀的"噼啪"声，如注的雨水好似一条条线，将黑色的天空与黑色的湖水紧紧相连，密不可分。

起风了，而且很快变成了风暴，浪尖被搅成了泡沫，一道闪电让湖水瞬间浸入虚幻的银光之中。雷声震耳欲聋，一声声巨响像是要让世界分崩离析一般。

阿洛伊斯突然大笑起来，用胳膊和腿疯狂地扑腾着水面，他快活地大喊着，他似乎从未觉得自己的生命如现在这样有活力。

水，在他周围翻滚，天空，在他头顶崩塌，他竟如此真实地活着。

他活着！他将上半身腾跃出水面，在雨雾里欢呼。就在这时，一道闪电击中了他的脑袋，一道神圣之光侵入了他的头颅。瞬间，一种关于永恒的美妙在他的脑海里浮现。

然后，他的心脏停止了跳动，脸上带着惊讶的表情，柔软闪烁的气泡像一层用来装饰的轻纱，包裹着他沉入了湖底。

葬礼在努斯多夫的教会墓地举行，有很多人来参加。所有住在附近的人都过来了，来和阿洛伊斯·布莱宁格告别。坟墓前围绕着很多位戴着黑色面纱的女人，尤为明显的是，她们当中的好多人一直控制不住自己的哭泣和抽噎。

霍尔斯特·彩特麦尔是锯木厂工龄最长的监工，他将右手残余的三个指头放在胸前，强作郑重地说了几句话："布莱宁格是个好人。就大家知道的来看，他从来没有偷过东西，或欺骗过别人。再没有第二个人会像他一样那么爱自己的家乡，在他还是个小男孩的时候，就特别喜欢往湖里跳。可惜的是，上个周日却是最后一次了。现在，他住在仁慈的上帝身边，我们祝愿他一切都好。以圣父及圣子、圣灵之名，阿门！"

"阿门！"其他人一起回应。

"他倒是真的有个好胃口！"有人轻声细语道，周围的人点头同意。

零零星星的，还有些人在相互交谈——然后，人们就各自散去了。

在回家的路上，弗兰茨的母亲揭开了她的面纱，眯起哭红的眼睛，看向太阳。湖，静静地躺在大地上，没有一点儿光泽。

在浅滩处站着一只白鹭，一动不动地等待鱼儿的游动。湖对岸传来蒸汽渡轮起航的"嘟嘟"声，坐落在其后的沙夫山宛如立在画中，燕子们在清澈的空气里飞翔。

"布莱宁格已经离开了。"她说道，并把手放在弗兰茨的胳膊肘上，"日子不会变得更好了，有些事情很快就要去面对。"弗兰茨的眼光无意识地望向上方。可那儿什么都没有。

母亲叹着气说，"你已经17岁了。但是，你的双手一直都那么光滑、柔软、白嫩，和小姑娘的手一样。像你这样是不能在树林里工作的，至于在湖上找事做，想都不用想。即便在避暑客栈里，你这样子也什么都做不了。"

说话间，他们一直站着，她一直把手温暖轻柔地放在他的胳膊上。

对岸的渡船已经起航，开始缓慢地在湖上行驶。

"我已经有想法了，弗兰茨。"母亲说道，"我有一个老朋友，他很久以前在我们湖边待过一个暑季。他叫奥托·森耶克。这个奥托·森耶克在维也纳中部有一个报亭，一个真正的报亭，有报纸，有香烟，和所有其他该有的东西。这一点已经不错了，但我让你过去的真正理由是，他欠我一个人情。”

“什么人情？”

母亲耸了耸肩，用食指把面纱的褶皱拨弄好。“那个暑季特别热，我们年轻气盛，也真的很愚蠢……”

岸边的白鹭突然扭了一下自己的头，嘴巴在空气中啄了几下，展开翅膀，飞了起来。这对母子的目光追随着白鹭在空中翱翔了好一会儿，直到它最后降落下来，消失在芦苇丛中。

“你不用想那么多，弗兰茨，那是在你降临到我怀抱里很久之前的事了。”她说道，“不管怎么样，我给他写了信，并且问他能不能给你一份工作。”

“结果呢？”

她没有回答他，而是从自己穿的黑色针织背心里煞有介事地拿出了一张便条。那是一份写着整齐蓝色字母的电报：

小伙子应该来这儿

但是不要抱太高的期望

谢谢

奥托

"这是什么意思？"弗兰茨问。

"意思是，你明天就可以出发去维也纳啦！"

"明天？可是，这不行吧……"他显然是惊慌了，说话时有些结巴。

母亲还是什么都没说，直接给了他一巴掌。这一巴掌打得太突然，他向一边踉跄了两步。

第二天，弗兰茨坐上了开往维也纳的早班火车。

从家里到蒂默尔卡姆①火车站，有十三千米远。为了省钱，他和母亲是一起走着去的。火车很准时，告别很短暂。一切都交代完了，母亲吻了他的额头，他有些依依不舍。临了，他向她点了点头，然后上了车。

柴油驱动的火车开动之后，弗兰茨把脑袋探向窗户外，看着站台上挥手的母亲一点点在变小，直到她的模样彻底消失，变成夏日晨光里模糊的一个斑点。

他让自己的整个身体陷落在座位上，闭上眼睛，深深呼出一口

① 奥地利上奥地利州弗克拉布鲁克县的一个市镇。

气，直到自己觉得有些晕眩。

到目前为止的生命里，他只离开过萨尔兹卡默古特两次：一次是坐车去了林茨①，是为了买开学第一天穿的西服；另一次是跟着国民小学的同学一起去了萨尔茨堡②，他们在那儿听了一场无聊的金属管弦音乐会，而剩下的时间就在破旧失修的建筑物间跌跌撞撞地游逛。

不过，那些仅仅是出游而已，没什么特别的。

"但是这儿是不一样的，"他轻声对自己说，"是完全而彻底不一样的！"在他心里涌现出未来，就像晨雾里遥远的海岸线：虽然有些模糊朦胧，却孕育着希望与美好。

突然，不知怎么地，他觉得一切都变得轻松舒适起来。这种感觉就好像是，在蒂默尔卡姆站台上母亲渐渐消失模糊的身体把他很大一部分的体重也留在了那里。

现在，弗兰茨失重般地坐在火车车厢里，感受着底下的枕木在后方响起的"咔嗒咔嗒"的节奏声和以每小时近80千米朝着维也纳飞驰的难以置信的速度。

---

① 奥地利上奥地利州首府。
② 奥地利萨尔茨堡州及其首府。

一个半小时之后，火车从阿尔卑斯山前的山地驶出，奥地利广阔明亮的丘陵地带在他面前渐次展开。这时，弗兰茨已经把母亲准备的远行口粮包里全部的东西都吃完了。他觉得自己又变得和以前一样重了。

旅途中，几乎没有发生什么值得一提的事，确切地说，是非常无聊。只有一次，在阿姆施泰滕①和伯海姆基兴②之间的一个路段，火车在计划之外停了一次。车厢强烈颠簸了一下，放慢了速度。很多人的行李从保护网里摔落下来，火车响起了震耳欲聋的急刹车声，到处都是咒骂声和叫喊声，接着又是一次颠簸，比之前那次更强烈一些，火车终于停下了。火车司机被迫用自己整个身体的重量挂在铁铸的操作杆上去刹车，因为在不远处的铁轨上出现了一个又大又黑的可疑物体。

"可能又是那些社会民主党人！"乘务员一边拿着一沓摇晃的车票匆忙往前走一边嘀咕着，"或者是纳粹！反正也是一样的：一切都是同一个坏社会！"

当然很快就清楚了，那个可疑的东西不过是一头老牛，它应该

---

① 奥地利下奥地利州的一个城市。
② 奥地利下奥地利州圣帕尔滕兰县的一个市镇。

是估计自己快死了，所以才专门挑了西边的轨道，又重又臭地躺在枕木上。在一些乘客的帮助和弗兰茨仔细地注视下——他把自己柔软的女孩般的手交叉着背在身后，站在安全距离之外——老牛的尸体被成功地从铁轨上拖走了。在杂乱爬行的苍蝇脚下，深色的牛眼睛闪着微光。

弗兰茨想起了那些闪着光的石头。当他还是个小男孩时，他经常在湖岸边捡拾，然后把裤子口袋装得满满的带回家。每次当他在木屋地板上抖落裤子，又美又干的石头在地板上滚落，没有了它们不可思议的神采，让他出乎意料地感到小小的失望。

只晚点了两小时，火车终于驶入维也纳火车西站。弗兰茨从火车站大厅走进刺眼的正午阳光里，他淡淡的难受又一次充斥着整个身体。他现在有些不舒服，急需扶住路灯杆才能稳住自己。如果直接就在人群里晕倒，一定会让自己很难堪，他怨怨地想着。他现在特别像是脸色苍白的避暑者，像是他们在夏天来到阿特湖岸边后中暑倒在草地里之前的样子，必须被好心的本地人浇一桶水，或者被打几个耳光才能重新恢复意识。

他把路灯杆抓得更紧了，闭上眼睛，很久不敢动弹，直到重新确切感受到路面在他脚下，在他眼睛里闪烁跳动的"金星"消散开去。

当他再次睁开眼，他发出短暂而不可思议的笑声。这里的景象真的是动人心魄！城市像母亲灶台上沸腾的蔬菜炖锅，一切都在马不停蹄地运行着。

城墙和街道似乎也有生命，被自己的呼吸所笼罩。

人们好像能听见石板路的呻吟和瓦砾的"喀吱"声，这里极尽喧嚣：一场毫不停歇的呼啸弥漫在空气中，来自音调、音色和旋律的无法形容的混杂，它们分离又互相融合，争着要盖过彼此的声音，比谁喊得更响，谁咆哮得更凶猛。

这里的声音还有灯光相伴，到处都闪烁着耀眼的光亮和辉煌：窗户、镜子、广告牌、旗杆、皮带扣、眼镜片……小汽车"嗒嗒"而过：一辆货车，一辆蜻蜓绿色的摩托车，又一辆货车，一辆有轨电车在拐弯时发出尖锐刺耳的"叮当"声。

一家店铺的门被拽开，货车门被"砰"地关上；有人哼起一首流行歌的前奏，在副歌中间又停下；有人沙哑地谩骂着；一个女人尖叫着像只被宰的鸡……弗兰茨恍恍惚惚地想，这里有些地方有点儿不一样，有些地方完全不一样。

这时候，他闻到了一股臭味。石板路下好像有什么东西在发酵，往上涌动着不可名状的冲劲，应该是污水：尿液、廉价香水、地沟油、烧焦的橡胶、柴油、马粪、香烟雾、沥青……

"您不舒服吗，小伙子？"一位小个子女士站到弗兰茨面前，用一双发炎的红色眼睛向上看着他。尽管现在是闷热的正午时分，她却穿着一件重重的粗呢大衣，头上戴着一顶破旧的皮帽子。

"没有！没有！"弗兰茨连忙说道，"只是这城里太吵了，而且有点儿臭烘烘的，可能是从下水道里冒出来的。"

小个子女士向他伸了伸枯树枝般的食指。

"这臭气不是从下水道来的。"她说，"是这个时代！是这个腐烂的时代！腐烂的、堕落的、荒芜的时代！"

在街道的另一边，一辆装着啤酒桶的高马车颠簸着行驶而过。一个强壮的农夫弯起身子扔下几个苹果，特意扔给后面这个没精打采的消瘦小伙子，他用苍白的双手捡起苹果，塞满了双肩包。

"你从很远的地方来吗？"小个子女士问道。

"从家乡萨尔兹卡默古特来的。"

"那真是远。你最好还是赶紧回家去吧！"

她的左眼里有根血管破裂了，扩散成一个红色三角形，睫毛上粘着微小的煤灰颗粒。

"怎么可能！"弗兰茨说，"回不去了，只有自己适应眼前这一切了。"

他转过身，横穿过车水马龙的长街，避开了疾驰而来的公共汽车，身手敏捷地跳过了一摊马尿，拐进了对面的玛利亚希尔夫街，就如母亲告诉他的那样。

他转身时发现，那位小个子女士还一直站在火车站入口处的路灯旁，像一个穿绿色罗登缩绒厚呢的小矮人，有着超大的脑袋，上面的毛绒尖在阳光下闪耀着。

奥托·森耶克的小报亭在维也纳新开发区的威宁尔街上，紧紧地挤在维特哈默安装店和罗斯胡贝尔肉铺之间。在入口处，钉有很大一块铁板：

森耶克报亭

报纸

文具

烟草制品

始于1919年

弗兰茨沾了点儿口水，理顺了头发，把衬衫纽扣一直扣到最上面的一个，因为他觉得自己的形象有点儿不够严肃。他深吸一口气，双脚迈入了报亭。

在他头顶的门框上，一个精致的小铃铛响起了声音。穿过几乎被海报、便签和宣传图片完全贴满的陈列墙，只有一点点光照到里面。

弗兰茨花了好几秒钟才适应了这里的昏暗。

店面非常小，到处塞满了报纸、杂志、小册子、书籍、文具、香烟盒、雪茄烟盒，以及其他各种各样的小货物，一直堆到天花板底下。

在低低的售货柜台后面，两摞高高的报纸堆中间坐着一位老男人。他深深地勾着脖子，小心专注地翻看着一个文件夹。很显然，他想找到特定的某页和某行。

一种沉闷的静谧充斥着整个房间，只能听见笔尖在纸上划过的沙沙声。

几个细长的灯杆上闪烁着灰尘。

一股浓烈的烟草、纸张、黑色印刷油墨的气味混杂着弥漫在空气中。

"你好啊，弗兰茨。"这个男人说道，而他的视线却没有从他的文件上离开。他说得很小声，在拥挤的屋子里却能听得异常清晰。

"您怎么知道我是谁？"

"你把半个萨尔兹卡默古特的泥巴都穿在脚上了！"男人用他手中的钢笔指了指弗兰茨的鞋子，这双缝制的鞋上粘着好几块黑泥巴。

"那么，您就是奥托·森耶克？"

"正是。"奥托·森耶克疲惫地用手把他的文件夹合上，放进一个抽屉，藏了起来。然后，他撑着小椅子站了起来，奇怪地跳着，消失在报纸堆里。

不一会儿，在他的腋下多了两根拐杖，并重新站了回来。

弗兰茨已经看出来了，他的左腿只剩下大腿。

奥托·森耶克举起一根拐杖，指了一圈，近乎温柔地在售货区的各色商品上移动着。

"这些就是我的老熟人，我的朋友们，我的家人。我能拥有这一切，这是最好的。"他倚着一根拐杖，正对着货架，用手背轻柔地拂过货架上各式各样崭新的报纸。

"我一直把它们放在这里，每个星期，每天，每一个小时，从开店门到打烊。你知道为什么吗？"

这个，弗兰茨当然不知道。

"因为我是个卖报翁。因为我想当一个卖报翁。因为我一直都是个卖报翁，直到我不能再当为止，直到上帝在我面前放下了卷帘。就是这么简单！"

"啊哈。"弗兰茨说。

"就是这样。"奥托·森耶克回道，"你妈妈现在怎么样？"

"她一直都是老样子。我代妈妈向您问好！"

"谢谢。"奥托·森耶克说。

从此刻开始，奥托把弗兰茨带进了卖报员生活的秘密之门。

弗兰茨的主要工作地，是挨着入口处的那个小板凳。那儿需要他——如果没有什么紧急事情要处理——安静地坐着，不要说话，等待命令，剩下的就是为提高思维能力和视野做点儿事情，那就是读报纸。

报纸对卖报员来说是最重要的，也是唯一的意义。

不读报纸就不是合格的卖报员，甚至可以说，不读报纸的人就不是合格的人。

当然了，人们在真正读一份报纸时，看到的不仅仅只是走马观花、一带而过的版面，或是两篇可怜的小文章。

一份真正的报纸，是要在一定程度上扩展读者的思维和视野的。这一点涵盖了市面上（报亭里）可以找到的所有报纸，如果不是全部，至少也是绝大一部分。这可以具体到所有的大字标题、报刊社论、重点专栏、时事评论。比如国内外的政治讯息、本地新闻、经济、科学、运动、文化、社会等话题。

报纸买卖，众所周知地构成了每一个认真做买卖的报亭的核心。顾客，更确切地说是买报纸的人，想要从卖报员那里得到适当的建议（适用于买报纸的人还没有或知性或情绪化或政治性地成为某份报纸的忠实粉丝）、介绍，以及必要时温和地推荐——针对不同读者，卖报员要引导读者购买唯一合适的报纸。

"你明白这些吗？"

弗兰茨点了点头。

然后是烟具。就香烟来说，还是相当简单的。香烟可以卖给任何一个可能偶然从萨尔兹卡默古特，或其他某个地方来的，或者迷路来到报亭前的没水平的土包子。香烟对卖报员来说，就相当于面包店员手中的小面包。

大家都知道，人们买小面包或香烟，既不是因为口味好，或者样子好看，唯一的原因是饥饿和上瘾。这样的事实，是卖小面包或香烟的真正前提。只有卖雪茄了，一家正经的报亭才变得完整。恰如其分地选择这些雪茄的口味和香料，可以使一个完全普通的卖烟具的报纸摊变成灵魂享受的神庙。

"你明白这些吗？"

弗兰茨依然是点了点头。

还有个问题，奥托·森耶克用严正的眼神瞥了一眼货架子上已经满满地堆到屋顶的香烟盒。和很多其他买卖一样，香烟买卖最大的问题就是政治。政治把一切的一切都弄得乱七八糟，而且对于现在的奥地利来说，谁和他背后的力量在政府里掌权，几乎都是一样的。

皇帝故去，小矮子多尔富斯，他的学徒舒施尼格，还有那边狂妄自大的希特勒，让一切变得支离破碎、肮脏不堪和愚蠢可笑，几乎没有一件事情走在正轨上。就拿香烟生意来说，本来最重要的就是香烟生意！如今几乎已经买不到香烟了！运输中断，而且反复无常，库存的波动幅度非常大，持续稳定的趋势遥遥无期。很多雪茄盒子几个星期甚至几个月前就卖空了，放在这儿更像个摆设，差不多像某种悲伤的纪念品，回忆着过去的美好时光！

"完全就是这样！"奥托·森耶克说道，并若有所思地打量着弗兰茨。然后，他又拿起他的拐杖，晃动了几下，走到了货架后面，从抽屉里拿出他的文件夹，用门牙夹住舌尖，继续在他的账簿里"沙沙"地写着。

从此以后，弗兰茨每天早上六点准时出现在奥托·森耶克的烟草报亭。售货间后面的小储藏室成了弗兰茨的客厅、卫生间和卧室，所以他每天上班的路程短而便捷。

早晨，他精神焕发，带着让自己都满意的心情从床垫上跳起来，钻进卫生间，对着破锣似的盥洗桶刷牙，用沾湿的手指把头发捋顺，然后去前面工作。

上午，一般没有太多事情打扰他在入口旁边的小板凳上读报纸。在奥托·森耶克的命令下，他要把一堆最新的报纸分层放好，然后一份接着一份往后摆。对他来说，这个工作一开始很费力，必须经常控制自己，以免在工作时累得跌倒在地板上。

在老家的时候，除了每个月出版一次的由乡长夫人亲笔写的《努斯多夫乡报》，就没有其他真正的报纸了。再就是渔房后面接骨木丛旁边的茅坑里，一直都有母亲撕成合适大小的报纸片。弗兰茨在擦屁股前，会时不时地读一个标题，几行内容，有时甚至能读到半段文章。那时，世界的变幻在他的手和屁股间划过，并没有触碰到他的灵魂。

现在看起来，这种情况似乎改变了。

第一天正式读报纸，对弗兰茨来说度日如年。但是，他很快就习惯了大部分报纸高水准的报告文风，和文中反复无常的语言修辞，这样的处境甚至提高了他从不同的文章中找出它们中心思想的能力。

几周之后，他终于能近乎流畅地读报纸了，哪怕不是从头到尾，至少也能读下来大部分了。尽管那些不同的，甚至完全针锋相对的观点和视角有点儿相互混淆，这些报文却仍给他带来了某种程度的消遣。这消遣中包含着一种预感，在翻阅这许多打印着文字的纸张的"簌簌"声中，有着对这个世界无限可能的小小预感。

有时，他把报纸放在一边，从绘得五颜六色的木盒子里拿出一根雪茄。拿着它向各个方向旋转，在穿过橱窗鳞隙的光线中举起，用指尖触摸它酥软的外皮，然后在闭上的双眼前划过，放在鼻子下轻轻那么一嗅。每一个品种都有它独特的气味，而所有的雪茄放在一起，便从报亭里的四面八方散发出香气，威宁尔街，维也纳城，这个国家和整片大陆的香气都在其中。它闻起来像潮湿的黑色泥土，像在寂静地腐烂的巨树，像食肉动物渴念的吼叫声，充斥着原始森林的昏暗，像黑奴愈加渴念的歌声，在烟草种植园的微光里蔓延于赤道上的天空……

"一根劣质雪茄闻起来就像马粪，"奥托·森耶克说道，"一根好的闻起来像烟草，一根非常好的闻起来就像整个世界！"

奥托·森耶克自己并不抽烟。

第一周，弗兰茨便开始与顾客打交道了。有一些是流动顾客。那些奔波的人们跑进来，喘着气说自己想要什么，然后又跑着离开了，很少或再也不会见到。绝大部分都是老顾客。自从奥托·森耶克在战后那年因为《残疾人赔偿法》获得这个报亭开始，他在阿尔瑟格伦德①的意义就是一直与此为伴。

刚开始，附近没有人认识这个年轻人。某一天，他就这么来了，在威尔宁街上挂着他的拐杖来回摆动。他在报亭外面安装了一块大铁板，在入口处装了一个小铃铛。他坐在售货柜台后面，从此就像还愿教堂或维特哈默安装店一样，属于这个区了。

"多留意顾客。你要牢记他们的习惯和喜好。记忆力是卖报员的资本！"奥托·森耶克对弗兰茨说。弗兰茨很努力，他起初觉得特别难给顾客的习惯和要求归类，但是这些事情随着一天天下来，渐渐变得清楚了。经过一遍又一遍打交道之后，弗兰茨终于可以从不完整而且极易弄混淆的顾客里分离出每一个人，以及他们的特性，直到最后可以随口叫出他们的名字和头衔——这是想要在维也纳生存下去最重要的一点。比如说，医生-博士-海因茨尔女士，大学曾把这个名字作为建筑楼的名字，她自己也走进去过。医生-博士-海因茨尔女士结过两次婚，一次是跟一位犹太牙医，之后是和一位在婚礼时就已经老态龙钟的记者。这两位先生跟随着已经故去的维也纳人的步伐，在走完最后一段生命旅程后，走进了中央墓地，但博士头衔却留了下来，从此以后被寡妇海因

---

① 奥地利维也纳的第九区，1862年成立，位于维也纳的中部。

茨尔骄傲地在当地使用着。除了这些，她还戴着一顶蓝色的假发，即便在冬天也拿着一双三文鱼色的丝质手套不断地朝脸上扇风，每天以带着一点儿鼻音的贵族模样，来报亭要一份《维也纳报》和一份《帝国邮报》。

每天的第一位顾客，是退休的国会职工，商务顾问卢斯科维茨。这位商务顾问每天早上在报亭开门后不久，就和他那条失禁的猎獾狗一起来了，然后要一份《维也纳日志》，和一包凯旋门牌子的香烟。有时候，他会和卖报员闲扯几句，关于糟糕透顶的天气，或者是关于变得越来越愚蠢的政府。他的猎獾狗在一边流着黄色哈喇子，一直流到地板上，最后由弗兰茨用湿的破抹布擦干净。

每天上午，工人们喧喧嚷嚷地进来，拿上一份《人民报》或者《小报》，然后要几根单卖的香烟。奥托·森耶克从密封的大口罐子里把烟掏出来，在布满老茧的手上数着。他们有些人闻起来在早上就已经喝了啤酒，脚上笨拙的鞋子带进来很多外面的污泥，弗兰茨却喜欢这些人。他们说话不多，脸上棱角分明，看起来很像弗兰茨老家那些在森林里做事的兄弟们。

中午时分，会有退休老人和学生们过来。退休老人会问《奥地利周刊》，学生们要拿上几根埃及牌的香烟，外加《维也纳报》，写字纸和最新的笑话书。

下午，勒文施泰因老先生出现了，来买几盒凯旋门。在他之后，就是迎接家庭主妇们的时间了。家庭主妇们身上散发着不是清洁剂就是樱桃利口酒的味道，会说很多，也问很多，会要上一份《妇女小刊》，或者其他针对现代女性的有趣日报。高度近视的尤里斯提卡·科莱尔顺路过来了，买了他每天必需的"亨利希"，一种长条的小雪茄，还有一份《农民周刊》和《维也纳森林邮递》。罗特·埃贡跨着不正常的步子走进了报亭。罗特·埃贡是区里出了名的酒鬼和——尽管党派禁止——一个在任何场合都公开大声喊出拥护社会民主党口号的党员。他身材消瘦，面部暗沉，但是在他额头深处的某个地方似乎闪烁着一团火焰，永远都不会熄灭。他的手几乎还没有碰到报亭的门，就开始大谈改革和起义。"变革或颠覆，已酝酿很长时间了，在工人阶级被风化，碾压，磨碎的骨粉山上建立起来的资本主义世界，将被撕裂在他们辛苦挣来的废墟之中。"这是他说过的话。进来之后，他通常会阴郁地盯着货架看一会儿，最后要一盒不带滤嘴的烟，结账，然后离开。小学生们跌跌撞撞地进来，询问彩色笔或小图册。老太太们想闲聊，老先生们想要清静，沉默地注视着卷首画。有时候，会有某位常客轻轻咳嗽着要求看一眼抽屉。那是一个货架下面不起眼的抽屉，一直被奥托·森耶克小心翼翼地锁起来保管着，只为有特殊需求的顾客打开。抽屉里面放的是已经被强烈禁止了好几年的《柔情杂志》。男人们瞅准机会，会在抽屉里面随意翻弄几页，还尽可能地装出一副不感兴趣的表情，然后避开弗兰茨的视线，拿上一两本小册子装进棕色的包装纸里带走。

"一个好的卖报员，可不仅仅只卖香烟和纸张。"奥托·森耶克一边说着，一边用钢笔后面那头刮着他的残腿，"一个好的卖报员，卖的是享受和欲望，以及不良嗜好！"

"每周一张明信片，不能多也不能少。这是一个约定，弗兰茨。"母亲在弗兰茨离家前一晚，是这样交代的。

"你每周给我寄一张明信片，因为一个妈妈必须知道，她的孩子过得怎么样！"

"嗯，好呀。"他在一旁用食指背蹭着脸颊。

"你要寄真的风景明信片，正面带漂亮照片的那种。这样的话，我可以把床上头的霉斑遮盖起来，而且每当我看见它们的时候，我都能知道你当时正在哪儿！"

在挨着橱窗的一个拐角，报亭有个支架，上面挨个儿摆着各式各样的祝福的和风景的明信片。每周五的下午，弗兰茨都会站到支架前，然后从明信片里挑出一张。那些卡片大部分展示的都是维也纳某处的名胜古迹：红色晨曦中的史蒂芬大教堂，星光下的摩天轮，节日里张灯结彩的国家大剧院，等等。几乎每次他都会选一张上面带公园或花坛的卡片，或者至少被拍下的那些房子窗台上有花盆。那些绿植和斑斓的色彩可以让妈妈在孤单的下雨天心情变得晴朗，他是这样想的。除此之外，这样的景色和霉斑看上去也比较搭。他写几行字，母亲也只写几行字，可事实上他们俩都更想面对面地说出来，哪怕只是沉默地坐在一起听芦苇荡的声音。

我亲爱的弗兰茨，你这几天怎么样呢？

爱你的妈妈

谢谢，很好！

爱你的弗兰茨

我们这儿很好！

爱你的妈妈

我们这儿也是！

爱你的弗兰茨

在城里，能看的东西有很多，在努斯多夫可没有，但是这也没有关系，工作很有意思，木房子要刮一次青苔了，我爱你哦！

你的妈妈

我也爱你！

你的弗兰茨

……

这些是从故乡传到陌生城市的呼唤，还有传回去的，如此简短的话语，匆匆的，温暖的。弗兰茨把母亲寄来的明信片放在他一个床头柜的抽屉里，看着这堆明信片一周一周增加着，看着小小的、纯净的、闪烁着的阿特湖。有时候，在静谧的夜晚，即将入睡之前，他能听见抽屉里的"汩汩"声。但是，这是幻觉。

十月初的第一阵秋风吹走了街道上的热气和行人们头上的帽子。弗兰茨时不时地看见从报亭前翻滚过去的帽子，后面跟着它趔趄追赶着的主人。天气变冷了，奥托·森耶克已经提过，他可能很快又要烧起煤炉了，而弗兰茨已经开始穿上了一件款式不怎么样的棕色羊毛背心，这是他母亲几年前在冰天雪地的寒冬借着炉火的微光给他织的。尽管报亭的发展漫无头绪，与之相关的政治前景更是漫无头绪，生意却做得还不错。

"人们因为这个希特勒和各种坏消息都已经癫狂啦——这两个其实是一样的东西。"奥托·森耶克说，"不论如何这对报纸生意很好啊——抽烟的反正一直都会抽！"

在一个阴沉灰暗的周一上午，小铃铛胆怯地响了一下，一位老先生走进了报亭。他不是特别高，相当瘦，甚至是有些干枯。尽管帽子和西服非常合身，看起来却像是从某个古老的时间保存下来的。他的右手布满了青筋，握着拐杖的把手。他举了一下左手作为简单的问候，之后又放回了外套口袋。他有点儿轻微的驼背，脑袋耷拉着。他的白色胡须被修剪得很整齐，戴着一副圆的黑框眼镜，镜片后面炯炯有神的棕色眼睛一直警惕地向四处掠过。这位老先生着实不同寻常的外形让奥托·森耶克产生了反应。在他刚进门的时候，奥托·森耶克就站了起来，试图不拿拐杖用一只手撑在柜台上，尽可能笔挺地站着，并且直直地保持着。只是用短暂的余光瞥了一眼，弗兰茨也蹿了起来，他们俩就站在那儿，给这位干枯的老先生来了一个僵硬的欢迎会。

"早上好，教授先生！"奥托·森耶克说，低调地把自己的腿摆正了，"弗吉尼亚，和往常一样？"

有一件弗兰茨从做学徒到现在心里琢磨过很久的事情。在维也纳，也有和在多瑙河岸边碎石滩上一样的所谓教授。在有的区，人们甚至会称马肉屠夫和酿酒厂车夫为"教授先生"。

然而，这次是其他的。

奥托·森耶克对这位先生问候的方式，让弗兰茨马上就清楚了，这是一位真的教授，一位真诚的真实的教授，一位不用把自己的头衔像牛铃般挂在胸前摇摆，好让他体面的教授身份能被人认出的教授。

"是的。"老先生稍稍点了下头说道，同时他把帽子从头上摘了下来，然后从容地放在自己面前的柜台上，"请给我20支烟。还有一份《新自由媒体》。"

他说得很慢也很轻，让人很难理解。他几乎都没怎么张开嘴，他说的每一个单词都好像是费很大的劲儿从牙缝里挤出来的。

"好的，教授先生！"奥托·森耶克说道，然后向弗兰茨点了点头。弗兰茨拿出了一盒20支装的弗吉尼亚香烟，从货架上拿出报纸，然后把东西都放在柜台上，仔细地用包装纸将它们包了起来。他察觉到老人看向他的视线，好像准确地跟着他的每一个动作。

"顺便提一下，这是弗兰茨。"奥托·森耶克解释着，"从萨尔兹卡默古特来的，他还有好多要学的呢！"

老先生把头向前伸了伸。弗兰茨可以透过眼角看出他皮肤上的皱纹，薄得像一层薄棉纸，挂在他衬衫领边上。

"萨尔兹卡默古特，"他用少见的扭曲着的嘴说道，可能本是想露出一个微笑，"很漂亮的地方。"

"我是从阿特湖来的！"弗兰茨点着头。不知出于某种原因，他人生中第一次为这个奇怪的水帘洞般的故乡名字感到了一丝骄傲。

"很漂亮！"教授重复了一遍。然后，他放了几枚硬币在柜台上，把装好的包裹夹在腋下，准备离开。弗兰茨向门那边跨了一步，想去开门。老先生朝他点点头。老先生走到了街上，风马上就把他的胡子吹乱了。"这位老先生肯定很少闻东西，"弗兰茨心想，"肥皂味，洋葱味，或者木屑的气味……"

"这位教授是谁呢？"弗兰茨把门关上一点儿后问道。他使了很大劲儿才直起了身子，解除了之前不由自主地卑躬屈膝的姿势。

"这是教授西格蒙德·弗洛伊德。"奥托·森耶克说道。接着，他呻吟着让自己陷入了屁股底下的沙发椅中。

"那位治笨蛋的医生？"弗兰茨用略带震惊的声音惊呼了一下。他当然听说过西格蒙德·弗洛伊德。这位教授的名声在当时已经传到了地球上很遥远的地方，也传到了萨尔兹卡默古特，勾起了当地人的愚蠢幻想。那些幻想，都是关于各种可怕的欲念，私人诊疗时间里庸俗的笑话，狼嚎般的女病人和随处可见的赤身裸体。

"就是他！"奥托·森耶克回答，"但他的能耐可远不止治疗一个有钱的笨脑袋瓜子。"

"他还有什么能耐？"

"据说，他能教会人过上一种内心平静的生活。当然啦，也不是所有人，仅仅是能付得起他酬金的那些人。听人们说，去他门诊看一个小时花的钱，够买市郊的半个小菜园子。这说得可能有些夸张。他给病人治疗时，不用像其他医生一样触碰病人。对于这个吧，从某种意义上说，他已经触碰他们了，只是没有用手去触碰而已。"

"那他用什么去触碰啊？"

"这我当然知道！"奥托·森耶克开始有些变得不耐烦了，"用思想，或者用灵魂，再或者用什么其他的玩意儿。无论如何，这些触碰是起作用的，这才是最关键的。行了，你好好读你的报纸吧，别再来吵吵我啦！"

奥托·森耶克把腰深深弯向一摞纸，从抽屉里拿了出来，然后开始用他的钢笔和木尺子在上面画直线。

弗兰茨把额头抵在橱窗玻璃上，通过一条细细的透光的缝往外窥探，在他目光正前方，教授正夹着包裹朝威宁尔街下坡走。他走得很慢，迈着谨慎的小步子，脑袋微微垂下。

"他看上去其实挺和蔼可亲的，这位教授先生！"弗兰茨深思着说。奥托·森耶克叹息了一声，朝他瞥了一眼。

"他可能让人第一眼看上去确实觉得和蔼可亲，但是如果你问我的话，尽管他还经营着神经诊所，但他毕竟已经是个干枯老头子了。除此之外，他还有个不小的问题呢！"

"什么问题？"

"他是个犹太人。"

"啊？"弗兰茨说，"这为什么会成为一个问题啊？"

"这马上就会成为一个问题，"奥托·森耶克说，"而且很快就会！"

奥托·森耶克的眼神在报亭里迷离了一会儿，就好像是要找一个安全的地方来逗留。然后，他默默笑了一下，弯下腰回到他的工作上。他仔细地用一只小海绵的尖角把扩散到线条中间的一个墨点揾干。

弗兰茨仍然在朝橱窗外看。这件关于犹太人的事，他到现在都没有真正理解。报纸上没让犹太人有过好看的图片，而在搞笑漫画上，他们看起来很可笑，或者是狡猾，很多时候甚至是这两者的结合。"在这个城市，至少会有一些人，"弗兰茨心想，"从骨子里是真正的犹太人，有着犹太式的名字，犹太式的帽子和犹太人的鼻子。"在老家努斯多夫那边，一个都没有。那里的本地人，由于外貌，他们顶多被臆想成可怕、卑鄙或者痴呆的人，最多被说成是某种不好的民间故事里的人物。

那位教授正在前面坡上的街道转弯。一阵风掠过，他的一绺头发被吹得扬了起来，犹如一根羽毛，在他头上飘摇了几秒钟。

"帽子！他的帽子哪儿去了？"弗兰茨惊讶地叫了起来。他的视线落到了柜台上，教授那顶灰色的帽子还一直放在那儿。他的话音还未落，飞一般地拿起帽子就朝马路那边跑过去了。

"等一下，站住，教授先生！"他大声喊道，并挥着胳膊跑到了还有几步就能赶上教授的街角，上气不接下气地把帽子递了过去。西格蒙德·弗洛伊德盯着他有点儿凹陷的帽子看了一眼，接了过去。作为回应，他把钱包从外套口袋里拿了出来……

"拜托您别这样，教授先生，这是我理所应当做的事！"弗兰茨用拒绝的手势来示意着，和他想表达的意思比起来，他这个手势比画的幅度有点儿夸张。

"一件理所当然的事，当今社会已经完全没有了！"弗洛伊德说，他的大拇指把帽檐按出了个深深的凹陷。和之前一样，他说话几乎不张开嘴，只是轻轻地挤出来。为了把话听得更清楚，弗兰茨把脑袋往前伸了一点儿，他不想错过这位名声大噪的男人说的任何一个单词。

"我可以帮您吗？"弗兰茨问道。尽管弗洛伊德拒绝了，但他还是没能足够快地阻止，弗兰茨把他的包裹和报纸从胳膊下抽出来，抱在自己胸前。

"这下可以了。"弗洛伊德嘟哝着，把帽子戴到头上，然后又动身了。

弗兰茨忽然觉得肚子那块儿有点不对劲，就在他和教授在陡然向下的街道上走的时候，好像有一个沉重的东西想要提醒他这一刻的意义。走了几步之后，肚子里奇怪的沉重感就消失了。最后，当他们经过葛林德尔伯格夫人香气满溢的停泊面包房时，他看见了自己在沾有粉尘的橱窗里的身影，看见了自己是怎么往前走的——笔挺直立，包裹夹在腋下，内心被荣幸的感觉深深地温暖了，来自教授身上的光芒散落在他身上，让他突然感到非常骄傲和惬意。

"我可以问您一个问题吗，教授先生？"

"那要看你问什么问题了。"

"真的可以吗？您可以让一个人的内心变得平静吗？您可以让人们过上一种井然有序的生活吗？"

弗洛伊德把他的帽子摘了下来，小心翼翼地把一绺稀松的、雪白的头发捋到了耳后，又把帽子重新戴上，侧着脸看着弗兰茨。

"人们在报亭里是这么说我的吗？还是在你的老家萨尔兹卡默

古特？"

"不是……"弗兰茨耸着肩膀说。

"如果说我不可以把一个人的手臂完全掰直，但我至少不会将其整脱臼了，我的诊所在现今来说算是有良心的。我能够解释一些心理困惑，在有些充满灵感的时间里，我甚至可以超越前辈的解释。这就是全部了。"弗洛伊德挤出这些话来，好像每个词都表达着他的疼痛，"但是，我说的这些也不是完全靠得住的。"他叹息着又补了一句。

"您平时是怎样工作的呢？"

"人们坐在我的沙发上，然后我们聊天。"

"这听起来很舒服。"

"事实是，这很少让人舒服。"弗洛伊德回答道。然后，他从裤子口袋里拿出深蓝色的针织手绢，并对着微咳了一下。

"嗯？"弗兰茨说，"这个我有点儿想不通。"

他站住了，视线斜向上，试图把自己所有错乱交织的怪诞想法集中到城市屋顶之上很远的地方，然后酝酿出想说的话。

"然后呢？"在这位充满好奇心的、有点儿磨缠人的卖报小伙子又一次请教弗洛伊德之后，教授问道，"那你是怎么想的呢？"

"现在，我还什么都想不出来。但这没关系，我会再花点儿时间去想，再思考得久一点儿。除此之外，我还会买您的书来看。所有的书，从头到尾！"

弗洛伊德又叹息了一声。实际上，他完全想不起来，他在这么短的时间里已经叹了多少次。

"比起去看我这个老头的那些大部头著作，你没有更紧要的事情可以做吗？"他问。

"比如说呢？"

"这你也要问我？你那么年轻，可以走进新鲜空气里，出去郊游一次，取悦一下自己，给自己找个姑娘。"

弗兰茨瞪大了眼睛看着他，浑身上下一阵哆嗦。"是啊！"他心想，"是啊，是啊，是啊！"他脱口喊了一句："一个姑娘！"他喊得如此尖锐，有点儿吓到了街对面刚聚到一起聊八卦的三个老妇，她们把极富艺术感的波浪头齐齐转向了他这边。

"可是，哪有那么简单啊……"

弗兰茨终于把这些话说出来了，他已经想了好长时间，准确地说，是从他私处的毛发刚开始胆怯地萌发时，他的脑子和心脏就开始被此事搅动得不安了。

"到目前为止，大部分人都做到了。"

弗洛伊德用他的拐杖在路面上准确无误地拨开了一颗小石子。

"可这不等于我很快就能做到啊！"

"你怎么知道自己做不到啊？"

"在我们那儿，人们可能会理解木材生意，还有怎么让去那儿避暑的游客从兜里掏出钱来。而关于爱情，全都一窍不通！"

"这没有什么不正常的，因为没有人能理解关于爱情的任何东西。"

"您也不理解吗？"

"我完全不理解！"

"那为什么人们会一个接一个地坠入爱河？"

"年轻人，"弗洛伊德停下来说，"人们头朝前跳进水里，不用非得理解水吧？"

"唉！"弗兰茨忽然觉得找不到合适的词语来形容自己一直以来欲望被压抑的不幸。接着又发出一声："唉！"

"别感叹了，"弗洛伊德说道，"我已经到了。年轻人，可以还我的雪茄和报纸了吧？"

"那当然了，教授先生！"弗兰茨耷拉着脑袋，恭敬地把东西递给了弗洛伊德。

房子入口处的小牌子上写着"伯格街19号"。弗洛伊德笨拙地拿出一串钥匙，锁开了之后，他把消瘦的身体倚在笨重的木门上，往前推。

"我能帮……"

"不行，你不能！"弗洛伊德一边急忙从门缝挤进屋里，一边发着牢骚。

"还有就是，你要记住了，"他又挤了出来，把头伸到室外，"女人就像雪茄一样，你被她们吸引得越深，就离享受越远。祝你度过愉快的一天！"然后，他就消失在房子昏暗的走廊里。轻轻的"嘎吱"一声，门锁上了，弗兰茨独自站在风中。

（明信片上有百花齐放的城市公园，最前面有一辆装饰着丁香花的观光马车）

亲爱的妈妈：

你猜猜我昨天碰见谁了？那位教授西格蒙德·弗洛伊德先生！你知道他是个犹太人吗？他就住在我们报亭旁边的拐角处。

我陪他走了段路，我们还聊了一会儿。真是非常有意思！我觉得我们以后会经常见面。你过得好吗？我挺好的。

你的弗兰茨

（明信片上有金色晨光倾泻中的阿特湖和天鹅）

我亲爱的弗兰茨：

和弗洛伊德教授的相遇肯定很荒唐吧？如果并不是那样荒唐，请你问一问他，人们听到的他都是真的吗？关于欲念，还有其他所有东西。要不你最好还是别问了，谁知道这会给他留下一个什么印象呢。我还不知道他是个犹太人，这可能会让人不怎么舒服，但是也没什么办法。我们这儿已经下了一场雪。我今天要去树林里劈一筐柴火。我爱你。

你的妈妈

教授的那些话，在弗兰茨的灵魂上留下了深深的烙印，尤其是那些关于姑娘的话。"到目前为止，大部分人都做到了。"是的，教授就是这么说的。弗兰茨在这次与教授相处中产生的所有疑问，听起来没有产生任何的不愉快，不知怎么的，这反而让教授更加可信，无可辩驳。尽管教授已经衰老而虚弱，他整个人的气质却犹如岩石般坚定不移。"好吧！"弗兰茨心想，"如果真如教授所言，我得开始做那件更紧要的事情了。"

在接下来的周六，在他用最后一声让人愉悦的铃铛解放了报亭之后，他溜了出去。穿着他的西装，用为这种机会特意准备的昂贵肥皂，洗了脸、脖子和手，在头上抹了一块猪油，把几朵漂亮的国王玫瑰花瓣碾碎后的汁液涂在腋下。这些花，是一次夜间他绕着还愿教堂的花坛漫步时摘下的。

一切就绪之后，弗兰茨容光焕发，浑身散发着香气走上了街。柔和的秋光温暖地照在路面上，他上了一辆去普拉特游乐场方向的有轨电车，希望在那儿撞上桃花运，找到一位心仪的姑娘。

离得还很远，他就能看见那个巨大的摩天轮了，但是直到站在它底下，他才知道这个神奇的钢铁怪物竟然那么大。这个轮子不只是大，它简直是巨大。天上的云层看起来像是挂在摩天轮铁支架的最顶点，高处座舱里的游客跟虫子一样小，他们的胳膊和围巾几乎是认不出来的、挥摆漂浮着的某样小东西。

弗兰茨在钢铁人餐厅里买了一杯啤酒。啤酒又凉又烈，他轻轻向杯里吹，泡沫像雪白色的小云朵一样飞了起来。酒吧间里，除了一位眼窝很深、满眼忧伤的老服务员，再没有别的女人了。他付了钱，然后往镜厅方向走。

他在玻璃迷宫（镜厅）里来回绕了好几圈，就是找不到出口，直到一个穿短裤的男人给他指了路。他在空中飞车前站了一会儿，看着来回飞驰转圈的飞行座舱，直到有点儿头晕才离开。他走进了鲸鱼餐厅，在花园里点了一杯奶油咖啡。咖啡是深黑色的，上面的奶油和巴德伊舍的海滨大道咖啡厅里的一样甜美。

栗子树"沙沙"作响，阳光穿过树叶间的缝隙，麻雀在石子上蹦蹦跳跳。坐在桌子边的人们显然早就熟悉这样的消遣了，个个都是友好的、开怀的面孔，声音嘈杂得好像有一群看不见的鸟儿分散在花园各处，时不时会有人爆出爽朗的笑声。

这里的愉快气氛让弗兰茨觉得有点儿心酸。他结完账后，往旋转马车走去。这些动物们正顶着沉重的脑袋慢悠悠地带孩子们转圈。一个拿着超大照相机的男人在拍照片，拍好了之后卖给那些孩子的父母。

这儿有很多的欢笑声、拥抱和亲吻。年轻的妈妈们比她们的孩子还要漂亮，年轻的爸爸们骄傲笔挺地站在一旁给着小费。其中一只马儿喘息着翘起尾巴，把几个苹果弄得掉进了沙子里。它的眼睛里倒映着蓝色的秋日天空，深处隐藏着对自由的向往，它似乎想要远离后面那些孩子和马车。

弗兰茨在旁边的摊位买了两个滴着油的匈牙利煎肉饼，为了盖住刺鼻的大蒜味，他还买了一个超大的粉红色棉花糖。吃完了，他突然觉得恶心起来，又去买了杯啤酒压一压。

他朝着童话世界葛顿巴列车走过去。他是那儿唯一的大人，挤在天蓝色的小车里。车轻微地颠簸着，开进了被厚厚的粉尘覆盖的奇幻风景里。到处都是站着、坐着或走的童话人物。小红帽在森林里跋涉，青蛙王子蹲坐在井边，侏儒围着篝火跳舞，紧接着就是莴苣姑娘正从高塔的窗户往外垂下她那麻绳做的头发。

这让弗兰茨想起了家乡。小时候，妈妈从一本破损的书里给他读过这些故事。那时他还小，他可以舒适地蜷缩在妈妈的膝盖上，倾听她那如同柔软、温暖的水珠一般的声音，坠落在他的身上。当弗兰茨缓缓经过灰姑娘身边时，他流下了眼泪，而当整个车驶过糖果屋时，他不禁张开双手掩面啜泣。一股接着一股的暖流在他脑海中浮现，让他浑身颤抖。他思念着小木屋、灶台、湖水，思念着妈妈，在他婆娑的泪眼背后，穿梭而过的童话世界变成一条模糊的彩色河流。

年轻的高空缆车助手懒散地倚靠在出口处，看见弗兰茨缩着身子，脸上满是忧伤的泪水，踉跄着从昏暗的童话世界走进明晃晃的阳光里。他用手指弹着天蓝色小车路过的弯道壁，搜肠刮肚，想出了一句恰到好处的安慰：“生活不是童话，朋友。可总有一天，一切都会过去的。”

弗兰茨时不时用袖子擦一擦脸，用纸巾擤一擤鼻涕。他准备纸巾其实是有目的的，就是在女孩出现时帮她擦擦凳子，擦一擦出汗的额头，或者擦点儿别的什么东西。他慢慢地路过过山车，路过射击场、赛车场，路过充气玩偶瓦特什曼、胖贝尔塔，路过五颜六色的自行车和大型幽灵列车……他的心底不知从何时又悄悄地泛起一丝难过，但很快就消失了。

他决定用整个下午来畅饮啤酒和其他饮料，可刚走进阴凉的露天酒馆，就被一股不同于以往的、猛烈的热浪击中了，他被冲得晃动了一下。正对着他的是一张脸，圆圆的女孩的脸，还有明亮的笑容，全被光艳的金黄色头发包裹着。这是弗兰茨这辈子见过的最美丽的脸（包括在报亭杂志上看过的彩色封面女郎的脸）。这张脸悬在令人头晕目眩的高度上，犹如广袤蓝天中的粉色云彩，正发出愉悦的笑声。这张脸飞速地下落，头发扬起，仅仅几秒之后，又重新升了起来。

　　这几秒，已经足够让弗兰茨反应过来，他正站在一艘海盗船面前。这巨大的海盗船，犹如在滔天巨浪中上下浮沉，正拼命地摆动着。入口处的木牌子上用外文字体写着：大型海盗船！特别好玩！老少咸宜！所有人都喜欢！能让所有人欢乐！请上船！

　　弗兰茨站在原地，目不转睛地看着反复上升和下降的女孩的脸。他在等待着，等待船身停止摆动。游客的笑声终于嗡嗡地传了过来。这个姑娘迎面走了过来（姑娘站在两个朋友中间）。弗兰茨觉得自己只被她当成了某种形状，或者有容貌的微不足道的影子。他逼自己用尽全力脱离僵直状态，他的手在裤兜里攥成拳头，整个人就这么挡在了路中间。突然间，他感到自己的身体里神秘地喷涌出一团火。犹如他的突然出现，他一开口，一样很唐突："你好，我是弗兰茨·胡赫尔。来自萨尔茨卡默古特，想和你一起坐摩天轮。"

　　女孩的同伴在笑，而她一点儿也不觉得有趣，像在动物园参观快要灭绝的动物一样看了他一会儿，最后眼神落在他闪着光的眼睛上。她决定马上拒绝他，她说："我不想坐摩天轮，我想玩射击，谢谢。"

准确来说，她说的不是"我想……谢谢"，而是"我显……夏夏"。这是在维也纳定居的吉普赛人常见的问题，他们不能发变元音。弗兰茨默默地抬起胳膊，用手指了指射击场。看上去，他并不知道如何去占这个吉卜赛姑娘的便宜。就在这时，她的两个女性朋友笑嘻嘻地和她道别，只是为了赶紧去搭上两个看起来醉醺醺的德国军官宽厚、有彩色勋章的肩膀。

在射击场，一个目光呆滞的光头刀疤男在讲解规则：人们可以选择靶子，以气球或者彩色的土耳其人头为目标。在土耳其人脸上射出洞的人可以多得几分；射中额头指定位置，伴随着一声木质的声响，土耳其人的头巾被打得向前折叠，你就赢了。胜利者可以获得糖果手杖、纸玫瑰和一束真的薰衣草。

弗兰茨用眼角余光瞥看女孩弓着身子，用枪抵着脸颊，手指弯曲着——这是粉红色的，又短又圆的手指。她全身基本都是圆的：小耳朵，小鼻子，圆形的额头，弯弯的眉毛，棕色的大眼睛。她的目光淡定地瞄向靶子的黑色中心。他恨不能进入她的目光，一头扎入她的眼神里，就像一头扎入幸福中。

一想到"扎入"，弗兰茨想起了老家门口的木桶。桶里的水和海水不一样。它是褐色的、混浊的，闻起来味道有些奇怪。

有一天，那时是八月中，暑假的结尾，因为好奇心，也因为天气太热了，小弗兰茨小心地抓着鹬的一只瘦弱的腿，深呼吸三次后，他将头和上半个身子潜入桶里。

待在里面很凉快，很舒服。水里的小虫子像黑色的雪一样。水桶底部覆盖着厚厚的一层已经腐烂的树叶。他伸出胳膊，用手指挖着树叶。水里又凉又脏，他觉出了一丝毛骨悚然。但是不知何故，他又觉得这样也很美好。忽然，他的指尖碰到了一些柔软、丰满、多毛的东西。

这隐藏在厚厚的悬浮物下面的是一只死老鼠。这老鼠一定是不久前才滑进桶里，它无法沿着布满苔藓的桶壁爬出来，死在了里面。它侧躺着，它的身体还很完整，只有左边眼睛成了一个漆黑的深邃的洞。弗兰茨惊叫了起来，而老鼠并没有在他的喊叫中消失。

他浮起自己的身体，爬出木桶，拼命奔跑。他围着屋子边跑边叫，后来越过牧场到了后面的河岸。他的母亲正在两棵桦树之间的绳子上晾衣服。他躲进妈妈的裙子底下，抱住她的膝盖。他知道，在余下的生命里，至少是到暑假结束，他都会待在妈妈窄瘦大腿中间的安全地带里。

"砰"的一声，她扣动扳机，射中了黑色的靶心。她踮着脚跳了起来，满足地尖叫了一声，但是马上又举起了枪。此时他注意到了她贝齿间的舌尖：红色的小东西，小心地伸到外头来，快速地湿润了上嘴唇。它退回洞里去，只为了马上又从黑色的洞里出来，舔了舔像珍珠一样闪光的牙齿。他从不觉得他会被一个波西米亚人的齿间空隙激起内心的波澜。看着枪，他身体里的血液翻滚着，有一瞬间他感到害怕，怕他的内心失去勇气，就像空麻袋一样掉落在脚边。

"砰！"又命中了，一个土耳其人失去了他的头巾。"打中了，死了！"女孩喊着，弗兰茨无助地看着她噘起来的上唇。她臀部轻轻动了一下，示意他把枪举起来。他答应了，但是他的手在发抖，他的下体正在疼痛地勃起。他试图隐藏一下，他尽可能地使裆部贴紧射击场的地面。

"砰！"他开了一枪，但是子弹打偏了。女孩笑起来，射击场的男人们也笑了，连土耳其的人头似乎都因为他的失误露出了牙齿。

太阳已经消失在高空缆车和屋顶之间，他还在出汗。细密的汗珠沿着后背滑下，汇聚到内裤的边缘。

他眨了眨眼睛，又开了一枪。"砰！"又偏了。他想，这时最好能跑得远远的，跑到报亭后面的房间里，跑到湖边家里的床上去，或者回到葛顿巴列车上，在昏暗的仙尘里孤独地坐一圈，直到生命的最后。

突然，他感觉她的手放到了他的背上。她举着枪，笑着说："射击不行，但是你的屁股还行！"

这一刻，他彻底沦陷了。

她走进了瑞士屋。在这个大园子里，有乐队在演奏，树梢上挂满了五颜六色的灯笼。她向一个有络腮胡子的服务员点了两扎百威啤酒和两个土豆煎饼。她咬了口土豆煎饼，发出轻微的爆裂声，热油涌出来，落在了桌布上。

女孩和服务员用捷克语聊天。

此时，弗兰茨一边听着他们奇怪的语调，一边眼神迷离地看着她噘起的上唇。她笑了，服务员也跟着笑。

当弗兰茨想用两扎啤酒把服务员支走时，女孩屈身，越过桌子，手放在他的脸颊上，给他额头正中留下一个吻。

"咱们跳舞去！"

弗兰茨觉得自己的头顶在发光，好似挂在栗树上的灯笼。

他俩胳膊搭胳膊，穿过众多的桌子，来到了舞池。地板有节奏地在他们的脚下震颤。她转向他，一只手搭在他的肩膀上，另一只手环住他的腰，随着音乐节奏摆动起来。

他在老家时，一向是拒绝和丰满的村妇一起跳舞的。村妇的乳房会从衣服里跳出来，似乎是在明亮的月光下对他狞笑。他也很少去金色莱奥波德吃早午饭。夏季的湖边，赶上了节日，他总是在最靠边的地方坐着，动也不动，静静地让自己的思绪飞过广袤的湖面。而此刻，他却跳起了舞。

刚开始，他的摆动有一些僵硬和犹豫不决，但是很快就变得柔软、顺畅和自由。最后，他丢掉了理智，尽情地在波西米亚女孩圆润的胳膊里沉沦、漂浮和左右摇摆。他感觉到她的手正沿着他的臀部慢慢地游走，而后又回到他的后背上。

他看着她的眼睛，她的笑，她小小的突起的上唇和她的齿缝。当他感到她的乳房抵住他的胸膛时，他终于放弃了隐藏在青春期里的勃起。

她一直跳到她的脚开始发烧。每首歌都比前一首更多了一丝伤
感，多了一点儿心痛。

……

你是我的幸运，

谢谢我的朋友。

我每天夜里都会梦见你，

巴黎。

你是世界上最美的城市，

我的心永远呼唤你，

哦，玛丽塔。

……

大约十首歌以后，乐队需要喝一杯啤酒，休息一下，他们走向
卖酒的柜台。女孩越来越紧地贴住弗兰茨发热的身体。突然，他感
觉到她的嘴唇贴在了他耳朵旁边。

"酒也喝了，舞也跳了，现在还能干点儿什么呢？"

他不用照镜子也知道，他正像个幸运的傻子一样，在红着脸笑。

"我还有2.5先令，"他用颤抖的声音轻声说，"要不就再买四扎啤酒，要不就再去玩几个回合射击，要不就再去坐两圈摩天轮……"

女孩后退了一步，看着他，眼神里透着不可思议。弗兰茨瞬间觉得，她棕色而温暖的眼眸凝固住了。像琥珀，像他曾经在家乡巴德伊舍勒的展览上见过的两块琥珀。只是这两块颜色更深，更大，并且里面没有虫子。下一秒，她的眼睛又泛起光，五官柔和起来，并且笑了。她的笑很短，声音响亮又尖锐，很像她在海盗船上升到顶部时发出的尖叫。

她抱住弗兰茨，在他额头上轻啄了一下。

"我马上回来，小伙子。"她说着便转身离开。弗兰茨着迷地看着她。走动起来后，她的背似乎是合着拍子在扭动，就像刚才跳《谢谢我的朋友》时那样摆动，就像一艘小小的柔软的船在摆动。

他看着她往木头屋子走过去，那是厕所的方向。他回到桌子旁坐下，又点了两扎啤酒。

大概过了半个小时，他才反应过来，她这是不回来了。也许她在来来往往拥挤人群的掩护下，穿过露天酒馆离开了；也许她从厨房的后门溜走了……无论如何，他是找不到她了。他在桌子中间来回穿梭，向每一个服务员打听她，服务员配合他在客人区里找她。他甚至不顾女性游客生气的叫嚷，冲进女厕所去找她……然而，这个波西米亚女孩彻底消失了。

他放下已经变温的啤酒，吐字不清地结了账单，离开了露天酒馆。音乐和刚开始一样，还在演奏着，情侣们还是紧紧搂抱在一起晃动着。

······

什么东西在你的胸膛里敲打。

······

他垂着头，手插进裤兜深处，穿过已经稀疏的人流。他站在摩天轮正下方，抬起头看上去。他用仅剩的钱买了一张票，登上最后一辆空车，赶上了今晚摩天轮的最后一圈。当吊舱背部平缓地抬起，慢慢地升高，灯火阑珊的城市尽收眼底。那边的史蒂夫大教堂，这边的还愿教堂，似乎都藏在卡伦山背后的深处，成了夜幕下的一抹黑色阴影。

弗兰茨把脸颊倚靠在窗框边的木头扶手上，闭上眼睛。当吊舱升到最高点时，摩天轮停了一会儿。他感觉到脚下轻微的晃动，听到窗外呼啸的风声。他攥紧拳头，伸手结结实实地打了下隔板。两只已经在吊舱顶部歇息良久的鸽子受到惊吓飞走了，消失在浩瀚的夜空中。

第二天早上，弗兰茨被一阵不寻常的噪音吵醒。刺耳的门铃多次响起，门被重重地捶打，生气的叫喊声穿门而入。这是奥托·森耶克声嘶力竭的叫喊，却很快被屠夫罗斯胡贝尔嘶哑的低音打断，接着又被一小波人喧哗的声音盖过去。弗兰茨迅速套了件衣服，下了床。他的头很疼，右手的关节特别地疼。他盯着镜子里苍白、面颊深陷的脸，想着昨晚的经历。他吸了吸鼻子，拿来盥洗盆，用肥皂水漱了口，擦干脸，走了出去。

在报亭外面，已经上演过了一次小小的对决。奥托·森耶克和屠夫像两个伺机而动的游乐园摔跤手一样，正对立地站着。

"天啊，你还知道起来吗？"奥托·森耶克冲着报亭喊。

"发生……什么了？"弗兰茨结巴着问。

"睁大你的眼睛！"他生气地用一只拐杖颤抖地指着报亭。

人行道和店面上都被涂上了棕红色的液体，像是被喷上去的彩色油漆或者污物。橱窗上用分散开来的大字母写着：溜走吧，犹太人！

入口旁边的墙上，有一个引人注目的圆形，画得笨拙又显而易见的粗糙，但是能清晰地辨别出来，这是个有残缺五官的巨大的"屁股"，所谓的"长耳朵的屁股"。

弗兰茨向橱窗走了一步，小心翼翼地用指头碰了一下"犹太人"的首字母。字是用粗糙的刷子写的，这真让人觉得难受——边缘部分已经干了，厚的地方还湿湿的，黏黏的，散发出一股腥臭味。

"这是什么？"弗兰茨小声问。

"血！"奥托·森耶克喊道，"猪血！我们可爱的好邻居罗斯胡贝尔亲自涂的！"

"你有什么证据吗？"屠夫淡定地说，"这不是猪血，是鸡血。这所有人都看得出来。"

"那就当是鸡血吧！"奥托·森耶克说，"是谁整天和禽类打交道？是谁脑子坏了，把自己的头像画在我的墙上？是谁把纳粹标志藏在领子后面半辈子，只等着机会把它翻出来？”

"我把什么藏在领子后面了，你这是在放屁！"罗斯胡贝尔把手交叉在胸前说，"你的自画像真是画得太对了。"

"你的手里，"奥托·森耶克喊，"有什么？"

"还有血粘在上面！"

"还能有什么粘在手上？我一直都是个屠夫！"

奥托·森耶克哽住了。有那么一瞬间，他几乎想要放下拐杖，去掐住屠夫的喉咙。突然，他转身走到围观人群里。

他们的争吵闹到现在，人是越围越多了。

"这个人！"他伸出手，"这个自称屠夫的人——更适合被称为卖假香肠的人，他的香肠是用地沟油和烂肉做的。除此以外，他脑子里有屎，内心肮脏。到现在为止，只有一间报亭被弄脏。但是今天我想问你们，接下来会有什么，或者谁会成为第二个？"

没有人说话。一些人幸灾乐祸地笑着，一些人摇着头，一些人走了，另一些人又从旁边的围观者中挤了进来。

"一个人手上有血，其他人站在这不说话。永远是这样！"奥托·森耶克走向前，罗斯胡贝尔站在一旁苦笑。"现在这样，过去这样，未来也还是这样。因为它存在于某个地方，也可能就存在于人们愚蠢的脑子里。但是不在我的脑子里，我的女士们、先生们！我的脑子永远按照它自己的想法做。我不会受到你们的影响。我的领子下没有纳粹标记，我不会给香肠掺假，我不会在漆黑的人行道上，在一幢无辜的房子上画满愚蠢的脸。我不会沉默，我的手上没有鲜血，而是高尚的墨汁！"

突然间，他的力气仿佛用尽了。他的脑袋垂到肩膀上，低头看着铺满石子的路。他在报亭前沉默了几秒，只有他手里紧握的拐杖发出轻微的"嘎吱"声。最后，他猛然地回身。伴随着长长的喘息，他又挺起身子，朝屠夫走过去。他朝屠夫轻蔑地吐口水："1917年，我为了我的国家把一条腿留在了泥泞的战壕里。现在，我只剩下一条腿。它有些凉，有些僵，有时还有些寂寞——但是在紧急情况下，我还是能走的！"

他带着两根有力的拐杖消失在报亭里，把屠夫和其他围观的人们留在了原地。门在他身后被重重地关上，门板叮当作响，时钟上的铃铛也暴风雨般地响了起来。

　　这件事后的一周，弗兰茨不间断地去普拉特游乐场，只为能找到那个女孩。他在路上和草地里漫步，去曾坐过的小酒馆看看，去海盗船的附近游逛，希望在某处看到有稻草色头发的脸。可是，这都是徒劳。说实话，他最近这阵子过得有点儿不太舒服。今年的冬天比往常都要来得早，雾雨夹杂着雪片，游乐设备上很快就积了厚厚的雪，一个接一个地停止了运营。只有一些游乐场馆、露天酒吧和旋转马车不顾雪和寒冷还在运营。弗兰茨在圆形花园里瑟瑟发抖，他羡慕马，马长了一层舒服的毛衣，没有爱情和其他迷茫事情的牵绊，在雪地里踏着步子绕圈。

　　夜里，他经常长时间地睡不着，想象着波西米亚姑娘的牙缝在自己的头脑中来回翻滚。他最后还是在期待中睡着了，狂野的梦境马上袭来：猪血从屋顶直接滴到圆桶里，也滴到他的脑子里。床升得越来越高，越过阳光般的欢呼，穿过巨大的黑缝，在蓝色的小车里进入永恒的黑暗。他的母亲出现了，用手背抚摸着奥托·森耶克的大腿。弗洛伊德正狠狠地笑他，他的帽子从脑袋上飞走了。他张开翅膀，飞得比落日下还愿教堂的尖顶还高……

　　当心情变坏时，弗兰茨会从报亭的小后门出去，沿着街道漫无目的地走，直到听见牛奶车的声音，看见冬天的清晨里冰冷的屋顶。

在夜里寂静的街道上行走，让他沉静。他听到雪在他脚下发出"嘎吱"声，看到他的呼吸像小旗子一样飘回到脸上。当守夜者在晨光里爬上去熄灭路灯，当第一个工人阴沉着脸走在上早班的路上……只有他行走在半梦半醒——朦胧的沉默中。当疲惫的他慢慢地走回报亭，路过每个街角，他似乎都能看见那个波西米亚女孩。波西米亚女孩站在路灯下；站在篱笆后；站在屋门口，一支烟在脸前，闪着光；波西米亚女孩在窗户旁，伸出胳膊，朝他笑……

（明信片上有闪烁的灯光和大雪覆盖的美泉宫花园）

亲爱的妈妈：

我已经在城里待了一段日子了，然而诚实地说，这里的一切对我来说越来越陌生。但可能这就是生活：从出生开始，每过一天，就离真实的自己更远一点儿，直到有一天，一点儿也认不出自己。有可能是这样吗？问候你。

你的弗兰茨

（阿特湖的明信片。闪耀着绿色光芒的阿特湖像一块宝石，很显然是从飞机或飞艇上拍的。）

亲爱的弗兰茨：

　　你是不是已经爱上谁了？这或许能解释你目前的状况。众所周知，恋爱会导致自己都不认得自己了。对于你的问题我可以这样说：一生就是不断的离别。正如妈妈知道的那样。但是人们可以习惯它这样。我希望你过得好，希望你别把奥托·森耶克惹恼。我们的湖边没有什么新鲜事，这样也挺好的。问候你并用力地抱你。

你的妈妈

　　"你的脸色看起来不太好。"奥托·森耶克说。

　　"什么？"弗兰茨不解地问。他抬起头，又很快地把头低到胸前。从他在游乐场丢失了到手的幸运到现在，已经过去两个月了。两个月的日子全是阴郁的，夜不能寐。

　　"你看起来脸色很不好！"奥托·森耶克又加重了语气说，"准确地说，是糟糕，像极了我可怜的祖父死时的模样。苍白，骨瘦如柴，疲惫，比你实际年龄至少要大十岁。如果继续这样下去，明年你就能申请退休金了。"

　　"不不，我很好！"弗兰茨很快地回答，并弯腰去捡从他麻木的手中掉落的报纸，"也许天气对我有些影响，但是我很好。"

"这天气有什么不好吗？"

"天气……有一些凉。"

"这本来就是冬天了啊。"

"是啊！"弗兰茨叹了口气，"冬天。"

奥托透过眼镜框看着他的学徒，弗兰茨正试图把自己的脑袋深深埋进一张报纸的经济版里，隐藏起来。

"与往常不同的是，今年的冬天十二月就来了，你注意到了吗？"

过了几秒钟，弗兰茨才放弃了沉默。他把报纸放在地板上，从凳子上跳起来，绝望地朝着布满灰尘的天花板喊："我恋爱了！"

大概用了略读报纸上一个大字标题一半的时间，奥托就意识到了问题的严重性。"耶稣啊！玛利亚啊！约瑟芬啊！"他脱口而出，"这太糟糕了！"

"不仅仅是糟糕！"弗兰茨喊道，"这是个灾难！我现在该怎么办？"

奥托·森耶克思考了片刻，耸耸肩说："我不知道。你去室内泳池里游几圈吧。游泳对身体好，也能让你脑子休息一下！"

弗兰茨垂着手，看着他。他第一次意识到这间报亭有多小！好像自己以前一直被缩小了。现在整个人莫名地膨胀了，仿佛马上就要在成堆报纸的灰色阴影中蒸发了。

"室内泳池？"

奥托·森耶克挠了挠自己的右耳。他的目光缓慢地越过柜台，越过地板，移到地板的边缘，停在弗兰茨的脚尖前。

"听着，这种事我知道得不多。可能在很早以前，恋爱和我还有点儿关系。这事可以问问你妈妈，她也许能够回忆起什么。总之，这对我而言，已经是很久以前的事了，差不多半辈子那么久，得追溯到我还是健全地待在战壕里的少年时期。就是这样。恋爱有时候很苦，但是出于某些原因，也有舒服的一面。现在，恋爱和我无关。当我心烦意乱的时候，我就读报。如果一定要我给你点儿简单的建议，那就是：你尽快找一个解决方法，别来打搅我。"

奥托·森耶克不好意思地微微一笑，然后吹干羽毛笔，把它斜夹在一本书里。过了一会儿，弗兰茨也重新坐了下来。

在接下来的一天里，两个人始终沉默以对。

在伯格街19号深处，空气里总是弥漫着美妙的香味。这香味，来自肉菜汤和洋葱牛排配欧芹土豆，还有香草布丁，上面浇着丝滑的黑巧克力，撒着新鲜的烤杏仁。西格蒙德·弗洛伊德教授打开手里的餐巾，悄悄松开裤子上的纽扣，摸着自己的肚子，满意地低吟着。

房子内的场景有些不同寻常——玛塔，教授的妻子，正躺在两个房间外的床上，发着烧，很不舒服地咳嗽着——这个周日的饭，是他的女儿安娜做的。

这几年，安娜已经成为一个了不起的、多产的、心思敏锐的精神分析专家（不仅如此，她还是父亲唯一合法的后代，以及他作品的忠实捍卫者），而且弗洛伊德曾暗暗地高度评价她是一位有天赋的厨师，尤其是她比维也纳任何人都知道洋葱牛排该怎么烤：肉很多汁，烤得恰到好处，将蘸着面粉和黄油的洋葱烤至金黄，在土豆上撒上切成段的欧芹。

她把银汤匙插在布丁上，翻阅着厚重的亚瑟·叔本华①的书。她的头发分成了两股，螺旋状地盘在脑后。冬日的阳光洒在她的头发上，闪耀着。在短暂的午饭时间里，阳光穿过贝尔克街，一直穿到弗洛伊德家的饭厅，然后又消失了。

---

① 亚瑟·叔本华，德国著名哲学家和作家。——编者注

　　弗洛伊德的眼瞥向女儿，他有个疑问：女人们是哪来的耐心和灵巧的手指，可以把头发编成这种形状？这时，从卧室里传来一阵低沉的吼声，接着又是一阵舒缓的呻吟声和床发出的一些模糊的声音。"哦，妻子！"弗洛伊德吃惊地想，"她想要什么，我们应该做什么？"同时，他感觉到安娜的目光投向了自己，比起爱生命中其他的东西，他更爱这个目光。"我还是再去看一下吧！"她说。然后，她放下勺子和叔本华的书，走到了窗户边，并向下面的街道望去。

　　"他还在那里！"

　　弗洛伊德咳嗽着说："他坐在下面多久了？"

　　"有三个小时了。"

　　"他不在乎这天有多冷吗？"

　　"他围了一条围巾。"

　　弗洛伊德用舌尖小心地碰触着假牙的边缘。是的，锋利的边缘必须磨平。假牙一边的一角有些磨损，刚刚吃饭时嘴里的疼痛还可以忍受，现在有些受不了了。事实是，请来的牙医一点儿用也没有。也许下次应该找个木匠，同时再找个造墓碑的人。他目光呆滞地盯着前方看了一会儿。面包篮旁边的餐桌布上还有一些杏仁碎屑，他用指尖把它们捏进了嘴巴里。然后，叹了一口气。这一口气，似乎承载着全人类的苦难。

他站了起来。"我到外面抽烟去。"他说。

当厚重的门被打开，教授出现在空地上，弗兰茨立刻跳了起来。他仿佛要被自己热切的冲动撞倒。他的腿和木板一样僵硬，因为长时间坐在冰冷的木头长椅上，屁股也有点儿疼痛。但是现在他忍不住要站起来，看着教授迈着晃荡的步子，弯着身子，横过马路，径直朝他走过来。

"我能坐这吗？"弗洛伊德问。没等弗兰茨回应，他就坐在了长椅上。他用指尖从大衣兜里拿出一个银色哑光的小盒，抽出一支弗吉尼亚雪茄。在他把雪茄含在嘴里之前，弗兰茨已经坐到了弗洛伊德的旁边，且在他面前拿出了一支细长的雪茄。

"这是一支荷约·蒙特雷。"吞了吞口水，弗洛伊德轻声激动地说。

弗兰茨点了点头："在圣胡安·马丁内斯阳光充沛又富饶的河岸边，由勇士们采收，由女士们柔软的手卷起来。"

弗洛伊德轻柔地闻着整支烟，用拇指和食指轻轻地按压着。

"一根芳香的哈伯纳雪茄，口味清淡，但是非常优雅。"弗兰茨说得很自然，别人一点儿也看不出在夜里他下了多少工夫去记住雪茄盒子上的香烟介绍。他从口袋里掏出一个镀银的雪茄剪，并把它交给了弗洛伊德："对于一根哈伯纳，应该从略高于标线的地方剪断——这里，是雪茄头和封纸重合的地方！"

弗洛伊德剪掉尖部，用一根一指长的火柴点燃雪茄。他保持火在几厘米远的地方，直到火开始燃烧。然后他缓慢地在指尖旋转火柴，吹灭了它。他靠在椅背上微笑，看着蓝色的烟雾在冬天清冷的空气里缭绕。

"好了，现在说一说吧，你想干什么？"

弗兰茨笨重地咳嗽了一声，揉了揉坐在长椅上的屁股，又咳嗽了一声，最后带着仿佛溺水的表情犹豫地转向坐在他旁边的弗洛伊德。

"我恋爱了，教授！"

弗洛伊德逆光举着雪茄，看着它，若有所思。

"祝贺你！"他说，"你不喜欢浪费时间，还是？"

"不，教授，我把她弄丢了！"

"谁？"

"那个女孩！"

"我想，你真的恋爱了。"

"是的，但是很不幸！"弗兰茨脱口而出，就像软木塞从使劲摇晃过的香槟酒瓶口蹦了出来。

弗洛伊德的假牙又开始折磨他了，他盯着家门口和木头长椅之间的空地看了一会儿。"即使缺乏力量，也要有意志。"他最后说道。这句话听起来，每个单词都被他在牙缝里碾过。

"教授，你说的是什么意思？"

"高兴起来！"

"那么长的句子，意思这么简单吗？"

"句子经常这样，通常都是说得多，包含的意思却很少。"接着，弗洛伊德有点儿不解地问弗兰茨，"我和你的恋爱有什么关系吗？"

"当然有关系了！"弗兰茨几乎是喊了出来，"是您建议我去找个乐子，去找一个姑娘的！"

"难道你把医生当成病毒？"

"什么？"弗兰茨跳起来，快步地在长椅前头来回走动着，"我不知道什么医生什么病毒。我只知道，我很激动！持久的，永远的激动。我现在不能工作，不能睡觉，老是梦到一些奇怪的事情。我因此经常在城里到处溜达，直到太阳下山。我时冷时热，很糟糕。我肚子痛、头痛、心痛，有时还全部一起痛。不久前，我还可以悠闲地在河边坐着看鸭子。现在，一切都乱了套。不止我心里乱套了，而是整个世界都乱套了。报纸你也看到了：今天所有人都为舒施尼格欢呼，改天又都为那个希特勒欢呼。我坐在报亭里，问自己：这两个人到底是谁？我擦着橱窗上的猪血，坐在葛顿巴列车上……我和世界上最漂亮的女孩跳舞，下一秒她就不见了，消失了。现在我要问您：是我疯了？还是全世界都疯了？"

弗洛伊德用食指轻弹了一下雪茄上的灰烬，然后将其轻轻地吹走。

"第一，你先坐下来。"弗洛伊德平静地说，"第二，是的，是这个世界疯了。第三，不要沉醉于自己的错觉——它更疯！"

弗兰茨坐在长椅上，无助地盯着前方。"实际上，我不关心世界是不是被它的天使撕碎。只有一件事我是感兴趣的，就是那个女孩！"

"她到底叫什么？"

"我不知道。"

"你不知道她的名字？"

"其实，我对她一无所知。除了知道她是波西米亚人，她有世界上最漂亮的牙缝。"

"世界上最漂亮的牙缝？你好像真是陷得不浅。"

"我不是已经说过了吗！"

"那你到底想从我这了解什么呢？"

"您是医生！还是个教授！"

"是的，然后呢？"

"您写过书，而且是很多书！书里难道没有可以帮助我的东西吗？"

"老实说，我觉得没有。"

"那为什么这些书能叫好书？"

"我也问过自己许多次。"弗洛伊德收回脚，把帽子向额头按了按。一只手把领带往上提了提。

脚下，几根烟头一个挨着一个，沉默地躺在一起。太阳消失在房顶后，长椅变得更冰凉了。

当弗兰茨看到弗洛伊德把烟送到嘴边时，发现他的手在轻轻地颤抖。他的皮肤上有斑点，薄薄的皮肤覆盖在经脉上，就像绷紧了的丝绸纸，在它下面，布满了精致的蓝色血管。这时，弗兰茨才注意到弗洛伊德有多么苍老和脆弱。他把裹在脖子上的围巾递给教授。

"我要它做什么？"弗洛伊德嘀咕着问。

"现在是冬天，您不能拿自己的健康开玩笑！"

"哈！"弗洛伊德脱口而出，声音里带着苦笑，"我太老了，已经开不起玩笑了！"

"没有人老到配不上我妈妈手工编织的羊毛围巾！"弗兰茨严肃地回答，并优雅地把围巾绕在教授瘦弱的脖子上。弗洛伊德难以置信地沉默了片刻之后，从厚羊毛围巾里探出下巴，又吸了一口已经烧过一半的香烟。

"这个女人让你陷进去，"他喃喃自语，"根据现在的情况，依我看来，你有两种选择。选择一：让她回到你身边！选择二：忘记她！"

"这就是全部？"

"这就是全部。"

"实在对不起，教授，如果你的建议只有这些，我不明白为什么人们会花那么多钱去你的沙发上躺下！"

弗洛伊德叹了口气。他胸中有一股正在上升的愤怒，欲驱使他把荷约雪茄熄灭在这个冒失的农家小伙子的额头上。但他却做了相反的决定，只是朝空气中吐出了一口蓝色的烟圈。

"人们付那么多钱，也不见得是要从我这里听到什么建议。也许，我应该提醒你，是你周日在我家门口晃荡了三个小时，只为了贿赂我一根——公认的、奢华的——雪茄，然后想听取我的建议！"

"没错，我现在深感绝望！"

"好吧！好吧！"弗洛伊德继续叹了口气，"在女人的礁石上撞翻的，恰恰是我们当中最好的。"

"我肯定不属于最好的。"

"你会弄清楚自己是最好的。"教授说着，看向了餐厅的窗户。安娜出现在了窗前，摆动着食指，意思很明确：现在，立刻，马上回到屋子里来。

"那是您的女儿？"

教授点了点头。弗兰茨用冻僵的脸颊露出尽可能的笑容跟楼上的安娜打招呼。她微微抬起手，摆动了一下，迅速地拉上窗帘，消失在窗帘后。

"她看起来有点儿像我妈妈。我指从远处看。"

"在你眼里，我肯定像《圣经·旧约》一样老。"弗洛伊德自言自语。他闭上眼睛，集中精神，吸了最后一口雪茄。烟吸完了，烟的香味却不能掩盖他嘴里疼痛的折磨。他小心翼翼地将剩下的雪茄放在扶手上，并看着它渐渐熄灭。

"它就这样有尊严地升华了……"当烟熄灭的时候，他嘀咕着。弗兰茨点头同意。他们两人对视了一下。

"现在呢？"弗兰茨问。

"现在我给你开个药方，"弗洛伊德回答，"分别有三个药方。听起来可能有一些自相矛盾：我口头给你开药方。集中注意力，好好地记住了！第一个药方（针对头痛）：停止思考爱情。第二个药方（针对肚子疼和奇怪的梦）：在床头放一张纸和一支钢笔，起床立刻记录下所有梦境。第三个药方（针对心痛）：找回那个女孩——或者忘记她！"

太阳已经下山很久了。冷风把几张报纸吹进伯格街上。有人开了窗户，音乐声一下子窜到空地上，是一首无力的进行曲，然后又回归了平静。教授猛然疲惫地晃动了两下，站了起来。

"祝你好运，弗兰茨！"他说着，伸出了手。弗兰茨握着这位老人的手，瘦弱又轻巧，像一把干树枝。

"我需要好运！"

弗洛伊德穿过街道，同时从大衣兜里掏出了门钥匙。弗兰茨在寒冷的空气里用颤抖的声音喊："我能不能去您的沙发上躺一下，教授？"

弗洛伊德转过身。

"你到沙发上想干什么？"

"我不知道。但是如果我躺过一次，我就能想出来了！"

弗洛伊德有些诧异地盯着他。他把帽子从头上摘下，用两根手指把胡子捋顺。

"先照着药方做——然后我们再看情况，好吗？"

"好的。"

两个人沉默了几秒。最后，弗洛伊德咧开了嘴，大笑，顺势把钥匙插进了锁里。

"圣诞快乐，弗兰茨！"

"圣诞快乐，教授！"

圣诞期间，报亭关门了。奥托·森耶克放心地把钥匙和安静的屋子交给弗兰茨照看，自己去了在布尔格兰的波茨诺伊锡德尔的堂兄那里，为了"让灵魂和腿在布尔格兰的法得赛得到片刻休息"。

弗兰茨大部分时间是在他的小屋子里度过的。一方面，为了即将要收复失地积蓄能量；另一方面，从周日下午在木椅上坐了那么久之后，可恶的感冒就一直在折磨他。

外面，接连几天都在下雪。同时，城市的清扫小分队，由憔悴的失业者和乡下小孩般的德国士兵组成，把雪堆到半个橱窗那么高。报亭昏暗又安静。弗兰茨过得很平静。

大多数时候，他躺在床上，把时间花在听煤炉里"咕噜"的声音，以及想着波西米亚女孩的牙缝。

平安夜里，他点燃一根蜡烛，把母亲寄给他的满满一盒糕点全吃光了，里面有香草饼干、油炸甜甜圈和果酱面包，还有其他散发着故乡和童年香味的点心。

他在盒子的底部发现了一张小照片，母亲站在冰雪覆盖的阿特湖冰面上，她戴着自己手工织的帽子，穿着羊毛夹克，羊毛短裙，还有旧的、裹着厚厚兔毛的粗革厚底皮鞋，她正对着照相机笑。她伸出一只胳膊，看起来好像指向某个地方，可能是指向小木屋，也可能远远地指向云雾缭绕的沙夫山顶。

几乎可以肯定，这是教区神父照的照片。神父是穷苦村民中为数不多的拥有相机的人。妈妈可能是用辣鱼汤和鱼肉馅饼讨好了他，或者许诺他自己会有规律地去教堂。

一滴眼泪滴在了照片上，形成了一圈潮湿的斑点。眼泪正好滴在了妈妈指向天空的胳膊上。弗兰茨赶快用拇指擦了擦，并把照片翻了过来。在照片背面，用天蓝色的彩笔写着：

我亲爱的弗兰茨：

我打心底里祝愿你圣诞节和新年快乐。

你的妈妈

另：你还在恋爱吗？

又另：如果你的裤子脏了，你可以寄回来给我。

再另：不要再写"母亲"，我是你的"妈妈"。

弗兰茨在架子上找到一张让他印象特别深刻的卡片（约翰·施特劳斯雕像，雪覆盖住了他的头顶，四周围着唱歌的男孩），用他最漂亮的吸满墨汁的钢笔写道：

亲爱的妈妈：

　　圣诞节现在已经过去了，你寄的包裹里的点心已经被我吃光了。过去一段时间，比较辛苦，但是新的一年里肯定所有事情都会好起来的。

你的弗兰茨

　　另：我还在恋爱。

　　又另：我的裤子不脏。

　　再另：好吧。

　　感冒和发烧，终于在新年的前一天晚上好了。弗兰茨走到市中心的安娜大街，那里有"世界上备受推崇的著名舞厅"，它投放的所有报纸广告都是这么宣传的。成百上千的维也纳人都来这里庆祝新年的到来。他喝光了两瓶私自藏在衬衫下带进来的醋酸白比诺酒，还和一个胖女人跳了华尔兹。

　　第二天是充满希望的1938年新年头一天。弗兰茨一大早就上了电车，穿过暴风雪，一路颠簸来到了普拉特游乐场。

　　摩天轮醒目地矗立在天空里，一动不动，高空缆车如同死去了一般，被埋在了厚厚的积雪下面。街上几乎没有人，只有零零星星迷路的人在商铺之间游移。大型海盗船上挂着晶莹的冰柱，在最上面的座舱上蹲着一只乌鸦，它正用嘴在雪里啄着什么。

弗兰茨径直走到瑞士屋，那里的灯已经点燃，通向新年第一场早餐酒会的入口已经被铲干净了。

他进到酒馆里，直接来到那个一脸络腮胡子的服务员面前。

服务员站在柜台后面，疲惫的眼皮在打架，拿着刚擦好的玻璃杯，看着昏黄的顶灯。

服务员没有看他，却开口问他要点儿什么。弗兰茨无聊地扫视了一下这个屋子，把一张纸钞推过柜台。

"我有一个问题，关于一件很小的事情，问得很快，答起来更快。"

服务员说："那一定是非常小的小事，至少从这张破钱的面额上就看得出来。"

弗兰茨默默地从夹克口袋里又掏出一张钞票，把它放到刚才那张的旁边。服务员把杯子放回架子上，把钱收进自己的围裙里。

"跟我来！"。

外面的雪下得更大了。轻轻的雪花无声地从天上飘落下来，陷在头发里，挂在眉毛上。弗兰茨和服务员躲在一颗大栗子树下。

"你到底想解决什么样的小事？"

"和一个乡下女孩有关，"弗兰茨说，"一个波西米亚女孩。"

"仅仅因为她会说捷克语？"服务员说，"很明显，她还远不如贝姆。"他们头顶的树枝簌簌作响，一手掌那么多的雪缓慢地掉落到地上。

"无论如何，您一定还记得，"弗兰茨说，"不久前，我和一个波西米亚女孩在树下喝酒跳舞。她是那么漂亮。她长得圆圆的，还有一头金黄色的秀发，柔软的弯弯的上唇，牙缝好像是出自上帝之手。"

服务员耸了耸肩："记性这种东西真是要命啊！"他一脸难过地看着覆盖在鞋尖的雪说。弗兰茨叹口气，又从大衣口袋里抽出一张钞票。

"哦，对了，"服务员说，"是那个胖胖的波西米亚女孩？"

"圆，"弗兰茨说，"是圆，不是胖。"

"那是我的看法，"服务员说，"然后呢？"

"地址。"弗兰茨说，"您有她的地址吗？或者名字？或者其他任何信息？"

作为普拉特里的服务员，会认识很多人。服务员回答："这很难。"

弗兰茨把最后一张钞票塞到了他的围裙里。"现在这样，会不会简单一点了？"

服务员笑了。

"为什么偏偏一定是那个吃撑的乡巴佬？"他说，"普拉特游乐园里有很多其他的机会，你一定可以遇到更好的。"

"圆，"弗兰茨恶狠狠地看着他说，"是圆，不是吃撑的！"

"是圆，还是吃撑的，只是不同的说法而已。"服务员说，"不管你怎么说，廉价就是廉价。"

弗兰茨心里似乎有什么东西炸了。他压抑地咆哮着，冲向服务员，上前打他。"络腮胡"躲开了，往一边跳了两步，退回一步，然后又向前，快如闪电一般，顺势还击。

一拳正好打在弗兰茨的鼻梁上，一身尖叫，他的身影倒下了，黑暗笼罩了一切。

两秒过后，弗兰茨恢复了意识。他平躺着，正对着"络腮胡"的脸。

"我有点儿疏于练习。"服务员说，"但是，对付一个来路不明的农村小毛头，还是绰绰有余的。你需要我扶吗？"

"谢谢，不用。"弗兰茨躺着说。

"你没必要为了一个女人变得野蛮。"

"是的，可能没必要。"

"你这是胡闹！"

"那我现在是不是可以知道她的地址或者名字了？"

"你真像一头倔强的施蒂里亚公牛！"服务员摇着头说。

"我像一个上奥地利州人。"

弗兰茨感觉到有血的甜味在嘴里扩散。

"在我看来，"服务员说，"你浓密的头发上已经覆盖了一层白雪，看起来更像个倔老头。"从酒吧里传来他同事哄堂大笑的声音，甚至有人欢快地唱了起来。然后，又安静了。

"在离这边不远的第二个街区，"他说，"红星大街上的黄色房子。周围都是瓦砾堆，老鼠横行。年轻人，如果你觉得有必要的话，可以去那里找找看。"

"谢谢！"

"不客气。"服务员答道。他跳了几下，把自己肩头的雪抖落，用手指捋了捋下巴上的胡子。

"希望你的运气不要像这糟糕的天气，你不能再这样继续下去了。"

弗兰茨点了点头。

"现在，我必须得进去了。"服务员说，"你也一样，整个周日都站在被大雪覆盖的栗树底下，毫无意义，该干啥干啥去吧。"

"对的。"弗兰茨说，"再见！"

"再见！"

服务员的身影消失在酒吧里，弗兰茨继续躺在雪地里看了一会儿飘舞的雪花。不一会儿，他恍惚觉得不是雪花朝他落下来，而是他自己离开了地面往天上飞去，而且速度越来越快，越来越高，越来越高……一直飞进静谧的天空里。

红星大街上的黄色房子是一幢摇摇欲坠的废弃建筑。正如服务员所说，它入口的左右两边都堆起了半米高的瓦砾，四周到处都是散落的石灰，窗户不是灰扑扑的就是被钉上了木板。屋檐上挂着棕色的冰柱，一扇地下室的窗户上用绿色的字写着"舒施尼格，犹太狗！"——湿淋淋的涂鸦。尽管大门是敞开着的，昏暗的楼道里仍翻滚着潮湿的屎臭味和尿骚味。空气里还弥漫着别的味道，让弗兰茨回忆起很久前在老家闻过的味道，是从猪圈里散发出来的。

弗兰茨笑了一下。

他小心地上楼，脚下的石灰楼梯"嗞嗞"作响，每上一阶楼梯，臭味就更浓。

"这要是在老家的话，就没人觉得不舒服。"他想。

实际上，猪圈里的臭味比不上刚下了班的森林工人，或者下了体育课的小学生。他自己很早就蹑手蹑脚地进出过农民家的猪圈，抱起小猪崽躺进稻草里，就像抱着小小的粉红色的兄弟一样。

但是在这里，在灰色的城墙之间，这种味道竟显得那么格格不入，令人作呕。

楼道夹层里有扇门，已经脱离了门框，门后面有一头猪。这是一只巨大的动物，沉重地一动不动地躺在铺满秸秆的瓷砖地板上，在弗兰茨面前轻声"哼哼"。

一位老妇人坐在一个水果箱旁边，把一口锅放在膝盖上，缓慢而有节奏地在锅里揉着面团。

"打扰一下，这里住着一位年轻的姑娘吗，一个波西米亚姑娘？"

老人瞥了他一眼。然后，她一言不发地用勺子指向天花板。一块干硬的面团落下，落到她的膝盖上。

母猪的身体翻到另一侧，抬起头，迟钝地看着墙壁。

第二层，大部分屋子看起来都是空的，几乎所有的门都敞着，或者没有门。只有走廊尽头的那个房间的门是完好的。

门后传来模糊的嘈杂声。

弗兰茨敲了两下门，里面立刻安静了。他能听到里面发出一阵窃窃私语，然后是一个响亮的声音："进来！"

弗兰茨拂掉衣领上残留的雪，深呼吸之后打开门。

屋子里大概有30个女人。她们围在一张小桌子旁，有的坐在椅子上，有的坐在箱子上，有的坐在桶上。其中3个女人挨个儿坐在窗台上，就像树枝上的鸟。有一些人靠着墙躺在旧床垫上。两个年轻的女孩盘腿坐在低矮的木炭炉前面玩牌。一个女人站在墙上的破镜子前，用炭铅笔给眼睛化妆。还有一个人坐在倒过来的洗衣桶上，怀里搂抱着一个笑嘻嘻的小孩。

"打扰了，这里住着一个波西米亚姑娘吗？"

其中一个女孩忍不住"嗤"的一声笑了出来。另一个水蓝色眼睛的女孩把手挡在嘴巴前，挡住了笑。其他人都坐在原地，看着他。

"咦！你不是那个屁股还行的家伙吗？"

他立刻辨认出了她的声音。

她盖着薄羊毛毯，露出膝盖，坐在床垫上。她的头发裹在头巾底下，没有露出来，她的脸几乎全部被遮在屋内的阴影中，但是弗兰茨知道她在笑。

他也开始笑了。他幸福地凝视着她，好像在对她说："我能请你吃个饭，喝个酒么，姑娘！"

看样子，他想整个下午都带着笑站在门边，像是在拥抱全世界，至少像是在拥抱这房间里的30个女人

她叫阿娜兹卡，比他大三岁。她来自"和山上的葡萄园像神秘的情侣一样依偎在一起的美丽村庄"。

村庄在波利斯夫拉的周边，名字叫多布罗维采。

在这个城市里，她可以当孩子的保姆、厨娘或者家政工，但没有官方许可证。黄色房子里的其他妇女和她一样——所有的波西米亚女人，即使漂亮又杰出的女人，也全都做着类似的工作。

他们紧挨着走了出去，穿过被雪覆盖的街道。弗兰茨谈起了他的家乡，那里湖水的颜色随着季节变化：春季是深绿色，夏季是银色，秋季是深蓝色，冬季是黑色，就像魔鬼的心脏。

他谈起母牛，它们的粪便总是很大一坨，小孩子的半个膝盖都可以没在里面。

他谈起了小时候在水里捉鱼，鱼很肥，一条鱼就够一组伐木工

人吃，不用抢。

他给她描述起游船，夏天里的每一天，游船会载着形形色色的游客，"隆隆"地在水面上穿行。

他给她讲述妈妈做的萨尔茨卡默古特最有名气的土豆卷饼。面团是她在冬季揉好的，然后在一口大铁锅里用鹅油烤，烤到金黄，冒热气，堆积成香气四溢的小山。

他口若悬河地讲述着，给她展现出一幅关于他自己的美丽人生全貌图。他们在没什么人的街道上一直这么走着，直到夜幕降临，工人爬上梯子，扫开灯上的雪堆，灯光在大雪纷飞中闪亮起来。

他们走到了一家小店前。

"咱们进去吃饭吧！"说着，她就进去了。

弗兰茨点了两份辣味红烧肉和一瓶外国红酒。红酒特别好，好到服务员都念不出它的名字。红烧肉又辛辣又烫。她"嘎吱"地咬着黄瓜，嘴里的面包"滋滋"作响。

弗兰茨还没见过有人如此全神贯注地吃饭。

他点了第二份，然后又点了第三份，然后是覆盖着厚厚糖霜的巧克力煎饼和第二瓶红酒。配着最后一口红酒，阿娜兹卡吞咽下最后一口馅饼，舒适地靠向后面，长长地呼出一口气，把手交叉着放在肚子上，懒散地看着弗兰茨。

"现在我想吃你，小伙计！"

商店静静地立在雪中，立在蓝色的光亮里。光线照到贴满东西的橱窗上，从几处缝隙透了进去。

弗兰茨关上门，阿娜兹卡用鼻子嗅了嗅屋子，闻到了烟草和油墨的味道。弗兰茨想用既礼貌又很优雅的手势为她指示通向他小房间的路……但是，他感觉到她的一只手正放在他的屁股上，就放在曾经她放过的那个位置。他的心脏立刻疯了似的狂跳，一股滚烫的热流在体内翻腾起来。

他想问点儿什么，一些不寻常的事，一些闻所未闻的事，一些特别想聊的事……但是，她的另一只手已经放在了他的后背上。她的身体紧贴着他，他脑子里的词汇就像热炉子上的水滴一样，瞬间都蒸发不见了。

阿娜兹卡看着他，脸慢慢靠近，他的嘴感觉到了她的呼吸。他看到她上唇在轻微震颤，他全身布满热切的幸福。如果不是阿娜兹卡在最后一刻抱住他，让他瞬间靠向了她的身体，他肯定会向后退碰到身后的香烟架子。他闭上眼睛，听到自己发出一声咕噜声。

当他的裤子下滑到膝盖上，他一生所有的负担好像也一并落下了。他的脑袋空空如也，看着黑暗中的天花板，他感觉到了一瞬间的神圣，在她无以言说的美丽中，他抓住了整个世界。

"太奇怪了，"他想，"人生和这整件事。"

他感觉到阿娜兹卡在他面前滑到地板上，她的双手包裹住他裸露的屁股，将他拉向自己。

"来吧，小伙计！"

他听到了她的耳语，然后笑着释放了自己。

几个钟头后，如果还有谁在这个寒冷的夜里出于一些原因在外面停留，就有可能看见老森耶克的报亭开着门和两个赤裸的身体。

一个瘦弱的年轻男人和一个圆润的年轻女人。他们摔倒在空地上，尖叫着，互相扔了一会儿雪，然后在威宁尔街上奔跑了一小段路，最后敞开胳膊和腿跌进大雪堆里。雪堆大概有老施泰恩尼兹卡女士的毛皮大衣商店那么高。

当然没有人会在这个时间，在这种糟糕的天气里，在街上出现；没有人会看见弗兰茨和阿娜兹卡靠在一起躺着，喘着气看着天空；没有人能够偷听到短暂的、由弗兰茨提问开始的谈话。

"上次在酒吧，你为什么离开？"

几分钟前的问题又在他脑子里缓缓地响起。

阿娜兹卡向上伸出胳膊，用手指描绘屋顶的轮廓。

在此期间，雪完全停了下来，深色的云朵在天空中移动。

在一个烟囱后面，月亮正闪烁着微光。

"有时必须要离开，有时必须要留下，这就是生活。"

"可能确实是这样……"弗兰茨弱弱地回答。就在这个时候，她的手在空中优雅地旋转，闪电般迅速地有目的性地握住他的丁丁。"不要多说了，"她说，"不如再翻云覆雨一次。"她说的当然不是"翻云覆雨"，而是拖长音的"翻银覆雨"，发的波西米亚的"e"音。尽管如此，弗兰茨完全听懂了她的意思。

弗兰茨的性欲释放了，但是，这并不意味着他的欲望被满足了。欲望在他大腿之间引燃的那团火，现在正熊熊地烧着，不论他有多冷，一点儿也没有要熄灭的意思。同时，他在痛快之余，也在尝试着恢复理智，尽管这一点还有很多需要学习。这个晚上太短了，看起来整个一生都不够去了解这个神秘女人令他震惊的美。

教授说过："在女人的礁石上撞翻的人是我们当中最好的。"

"是这样，"弗兰茨想，"但也仅仅是这样。"

他想在女人的礁石上撞翻，只要阿娜兹卡是那块坚硬的礁石。现在，已经没有回头路了，他只想继续和她翻云覆雨。无论如何，他都想在她身边躺着，闻着她美妙的体香，让她的手轻柔地放在他的屁股上。

于是，第二天晚上，他又去了红星大街上的黄房子。

他穿过臭气熏天的楼梯，踩着瓦砾堆积的台阶，路过老妇人和轻声哼唧的猪，进了那间满是波西米亚人的屋子。但是，阿娜兹卡不在那儿，之后的一天也不在，下一个周末也不在，再下一个周末也不在……阿娜兹卡走了，她离开了这里，不知道去了哪里。

"她在工作呢！"留在屋子里的女人们说，而她们说的"工作"，从来都不一样。在哪里？为谁工作？她们说不上来，她们不知道，她们也不想知道。弗兰茨离开了，顶着他油光发亮的头发，去城里昂贵的巧克力店买了一盒夹心巧克力，夹在胳膊下。

第二天，他脸色苍白地坐在椅子上，阅读面前的报纸。

晚上，他在床上辗转反侧，把脸藏在枕头下。前不久，阿娜兹卡如阳光般的头发曾在这枕头上面散开……

从那天起，他静睡的时间变短了，还做着各种奇怪的梦。有时，他遵从教授的建议，试图把野蛮的灵魂捆绑起来，醒来以后立即记录下梦境。可这么做根本不管用，并没有什么帮助。阿娜兹卡好像已经把他的心从胸膛里拿出来撕裂了，且不断地蹂躏。在他胸膛内跳动的心脏，只能让他记起一些在她身边的事：在她张开的手里，在她的围裙兜里，在床上努力压住她，悸动又热烈地站在厨房的桌子前亲昵……

看起来，一切又将归于平静了。第一次在报亭翻云覆雨之后，日子又痛苦地过了几周，弗兰茨被半夜里一阵轻轻的叩门声吵醒了。

门外站着阿娜兹卡，她穿着短大衣，看上去已经快冻僵了。

她沉默着，不说一句话，越过他，走了进来，然后躺到了床上。他帮她脱衣服。他的手颤抖得很厉害，他想将时间变成永恒。他慢慢地脱光了她的衣服，直到她完全裸露在他面前，柔软又圆润，像月光一样。然后，他幸福地躺在她身边，想象着明天早上起来时还能握着她的手。

当他真的醒来时，她已经又离开了。

既然留不住，何不将其忘掉？

弗兰茨决定听从教授的第二个建议——忘掉阿娜兹卡。他很努力，但是三周过后，他依然能想起她的小手放在他屁股上的灼热感，他疯狂地读报纸，可报纸的字里行间闪现的尽是她那折磨人的名字。最后，即便在他擦着被商业顾问那只猎獾狗的尿弄脏的木板时，她上唇突起的曲线竟也能清晰地浮现出来，接着是她的脸，然后是她的身体……这让他瞬间想要放弃去遗忘。他把抹布扔到角落，双脚叉立，双手叉腰，信誓旦旦地站在奥托·森耶克面前。

"非常抱歉，"弗兰茨提高嗓门说，"我再也受不了了！"

现在，立刻，就是这个时候，他想去找教授。况且，他在凳子上坐了几个小时，已经腰酸背痛。

奥托·森耶克拧紧他的钢笔，忧心忡忡地打开用了很多年的已经有些油腻的加了皮套的笔记本，捻起刚刚写满的一页，轻轻地把墨迹吹干。他透过眼镜框，看着一直叉开腿站在他面前的学徒——今天打算休息一下——无奈地叹了口气说："我没意见，你麻溜地走吧！"

弗兰茨当然没有去找教授，而是直接去了红星大街上的黄房子。他坐在两个瓦砾堆中后面低矮的一个易碎的瓦砾上，等待着……

整个下午，什么也没发生。不断有女人进进出出，但是没有阿娜兹卡。时间流逝，几束阳光短暂地洒在瓦砾上，滴了几滴雨，然后夜幕降临，天气变冷。弗兰茨感觉瓦砾上的水从他的裤子里渗了进来。他暗暗地埋怨自己，自己怎么会有如此轻率的想法，竟然听从那个看起来和化石一样老、闻起来像木头渣滓一样朽的教授的意见，以及投身一段如此愚蠢的爱情。

当点灯的人来了，把路上还能亮的三盏灯点亮之后，他终于放弃了。伴随着"吧唧"的声音，他把潮湿的屁股从瓦砾上抬起，准备返回报亭。就在这个时候，阿娜兹卡从房子里走了出来。脑袋低垂着，大衣领子高高立起，他迈着轻快的小碎步朝相反的方向走去。

弗兰茨从瓦砾堆后面出来，保持恰当的距离尾随她，就像他和妈妈几年前在圣乔治的一个相当丰富的电影展映场上悄悄地看美国侦探电影里无情的、狂怒的、渴望的以及做梦一般地看向前方的男人一样。

他试图用城市里的遮挡物藏住自己，挤进大门入口，跳到广告栏后面，在街道两边来回穿梭，跑到喷着焦油热气的柴油车后面，把自己隐藏在管道工人宽大的背后，模仿穿长靴的管道工人疲惫地走在回家路上……

阿娜兹卡穿过葡萄大街，走上去往普拉特游乐园的路，然后快速又坚定地穿过密集的车流，转向了摩天轮。她在巨大的汽车竞赛场后面突然右转，消失在黑黢黢的小路上。弗兰茨紧盯着阿娜兹卡的身影，只过了几秒钟，他也转了进去。

小路很狭窄，两边都用篱笆围住，篱笆木高高耸起，上方是带状的没有星星的夜空。大概二十步之后，小路通进了一处被脏兮兮的墙围起来的后院。在角落里有几个垃圾桶，聚集在一起，好像睡着了的母牛。在一根暴露出来的金属线下，有一个灯泡在摇摆，发出暗黄的光。弗兰茨用余光看到在半明半暗的壁橱上无声又轻柔的晃影，好像是对他到来的低调欢迎。那是帘幕上的绳子在空中摇摆。在那旁边有个"洞口"，洞口上贴了张告示，上面有金色哑光的字母，很难辨认：靠近一点！进来！秘密！兴奋！欢愉——一个人，或者两个人（门票一先令）。

弗兰茨把帘子拉到一边，然后就进去了。里面的房间很小，完全笼罩在深绿色的灯光下。他想到了湖，想到了他在孩提时经常一头浸入的地方。在高温的夏天，他无数次光溜溜地躺在散发着阳光和木头气味的栈桥上，听着下面船只的声音和悦耳的潺潺流水声，直到他忍不住跳下去，或者把腿放进水里。

他在泡沫漩涡中慢慢下沉，周围变得愈发安静和黑暗。藻类和贝类密集地在桥桩上生长繁殖，背后耸立着高高的芦苇。时不时会有鱼儿从灌木丛中窜出来，大多数时候是丁鲷，或者是红点鲑。有时会出现潜鱼，它会在水中停住几秒钟，一动也不动，随后就跟着返程的鱼群再次消失在黑暗中。

小弗兰茨静静地坐在岸边，听着湖中传来的声音：湖水深处流动的声音，湖面水波的"汩汩"声，偶尔从芦苇中传出的"沙沙"声，还有时常从远处传来的渡轮运转的"轰轰隆隆"声。他会感觉到有海藻在背后浮动，在他的头上，有许多微小的悬浮颗粒在阳光的照射下闪烁。几个小时后，当他沿着河边跑回家时，夕阳映照在他的脸上，这宁静的绿色世界终于化作他的一个小小的愿望。

"如果你想等人，最好去外面！"

这是一个年老的声音，却清脆而明亮。接着，发出这个声音的人直接出现在了弗兰茨的面前。他的头完全秃了，眉毛也不见了，在绿色的光照下，让他看起来像蜥蜴似的。

"一先令，如果你想看这个表演的话；如果不想，出口就在那儿，就是入口那儿！"

这时，弗兰茨才看清楚附近设置有一个收钱箱，是在墙上开的一个矩形小口。半明半暗中，那个长得像蜥蜴的人就坐在那后面，眼睁睁地盯着他。

"我想看一次！"

弗兰茨在收钱箱板上放了一先令。

"蜥蜴"接过钱，返给了他一张入场券。

"位子可自由选择，中间不休息，祝您玩得愉快！"

这时，一个不显眼的小门打开了，弗兰茨走了进去。背后的这个房间远远超过他的想象，并且各个地方都是红色的。天花板、灯罩、磨损的地毯，还有壁纸，一切都沐浴在柔软的暗红色里，在无数的蜡烛的影子中忽隐忽现。在一个吧台后面，有个姑娘在摆弄着玻璃杯和一些器皿，她看上去应该不到16岁，右脸颊上有一条手指长的疤痕，长着一个像拳击手的扁鼻子。

大约有二十张圆桌散落在房间里，其中只有几张被人占着，根据弗兰茨的判断，这是一个男人在占这些桌子。烛光映照出他那毛茸茸的脖子，布满皱纹的额头，一双操劳的手，手背上还粘有已经干了的泥土，一个老人穿的外套上衣领破旧。

弗兰茨坐在一张空桌子边上。那个女孩过来了，他点了一杯清啤酒。她一言不发，把啤酒端过来，和一盘坚果一起放在他面前，随之她又消失在了柜台后面。

　　过了几分钟，房间里的大灯突然亮了，灯光照亮了房间另一边一个简陋的戏台。这时，门开了，一个穿着燕尾服的小个子男人走到灯光下。他很瘦，尽管他还是完全充满力量和能量的年龄，整个人看上去却皱皱巴巴的。小个子男人鞠躬微笑，随即直接向前倾斜，翻了一个惊人的跟头，然后立刻站得笔直，并开始讲话。他说起维也纳这个友好的城市；说起维也纳是个巨大的幼儿园，在这里，一个叫舒施尼格的少年和他的玩伴尽情地嬉戏，但现在已经不再被允许；说起一个小纳粹，他爱在沙盘里用拳头跟小社会民主党扭打在一起；说起一个小天主教徒，他一动不动地站在那里，在他的尿布里大便，然后向大德意志的幼儿园阿姨忏悔一切……他以一个疯狂的节奏飞快地说话，似乎不需要呼吸，他却还能一直保持着笑容。突然，他的身体一个踉跄，双膝跪倒在地，随着戏剧性情节的缓慢进展，他双手合十，抬头望向屋顶的大灯，开始祈祷：

　　　　　　　　亲爱的上帝，

　　　　　　　　让我变哑，

　　　　　　　这样我就不用去达豪；

　　　　　　　　亲爱的上帝，

> 让我变聋，
>
> 这样我就能相信未来；
>
> 亲爱的上帝，
>
> 让我变瞎，
>
> 这样我就能发现一切美好；
>
> 当我又哑又聋又瞎，
>
> 我就是阿道夫最喜欢的孩子……

男人们都笑了，有的鼓掌，有的朝女服务员挥手，甚至有人在她身后喊了些骚扰她的话。

弗兰茨也笑了。虽然他并不确定，是不是真正看明白了眼前这一切。"这太好笑了，那边跪在戏台上的小个子男人，正满怀谦恭地朝天花板看去，就像那些在努斯多夫的教堂祭坛前，带着她们的黑色头巾、念珠和祈祷书，说话难听的老女人们。"弗兰茨这样想着，顺手将三个坚果塞进嘴里。

舞台上，表演已经又继续了。

小个子男人翻身一跃，站了起来，转过身去，在他的脸上快速地转换着各种动作和表情。当他再次转身，一个杂音贯穿了全场。

大灯发射出一束束光，灰尘在光束中闪烁，那光束的正当中就站着阿道夫·希特勒。前面的头发整理成几绺，用炭笔修饰了眉毛，并在嘴唇上方用胶粘贴出一个黑色矩形块儿，这足以让一个穿着燕尾服的男人看上去像德国总理。"希特勒"的眼睛像深色的贝壳一样发着光，弗兰茨经常从芦苇中捡到这样的贝壳，然后把它们敲开，喂给猫吃，或者抹在女孩的头发上。接着，他将脚后跟"砰"的一声靠拢，猛地举起手臂敬礼，并把下巴抬起伸向前。

弗兰茨想起了弗洛伊德教授，教授的下巴看起来总是在他身体的其余部分的前面。

"真是好笑。"他想。

也许，这两者之间有一点点共性；也许，他们是完全不同的两个人。

"希特勒"做了一个夸张的手势，要求大家安静下来，并开始了他的演讲。演讲的内容是关于东方人的愚蠢和勇敢的雅利安人的反抗精神：发扬这种精神，是为了从巴尔干战役中把奥地利拯救出来；是为了从布尔什维克的贪婪中把欧洲拯救出来；是为了从全世界犹太人的贪得无厌中把整个世界拯救出来。所有的话语都那么慷慨激昂，听起来也合情合理。但随着时间的推移，他的态度开始越来越激愤了，很快地，就从一开始还能听得懂的滔滔不绝变成了难以言喻的、断断续续的轰鸣声。

"德国总理"破口大骂，唾沫飞溅。他的头在他的两个肩膀之间摆动，并用下颚去磨蹭肩膀，露出牙齿，就像动物愤怒时那样。与此同时，他开始弯曲自己的上半身，接着是膝盖。

他弓着背，双拳紧握。

在大灯的照射下，闪闪发光的唾液像一条线一样挂在他的下嘴唇上，滴落在舞台地板上。他让自己向前倒下，把膝盖和拳头都撑在地板上，冲着观众瞪大了眼睛，开始低吼。他的臀部向下，伴着一声沙哑的声音，他深吸了一口气，绷紧腿部肌肉，一下子跳了起来。

突然，伤疤女孩冲到了那里。"别动。"她平静地说。

他停了下来。

伴随着呜咽声，他让自己的头从两条腿中间伸起来，望着她。她举起自己的手，过了一会儿，伤疤女孩似乎要用手打向"德国总理"的脸，但随后她就笑了。

"勇敢者阿迪，我亲爱的狗狗！"她亲切地在他耳朵后面挠了挠。

她从围裙口袋里拿出一条牵狗用的皮带子，把它挂在了他的脖子上，在人们的掌声中，向出口走去。一会儿，快走到门口时，阿迪跳了起来，撕掉嘴唇上的胡子，在女服务员的脸颊上"吧唧"亲了一下。

最后，这两个人鞠了一躬，司仪宣布了下一个节目："女士们，先生们，或者更确切地说，没有老婆的男人们：我很高兴，给你们带来世界一级棒的轰动性表演！在新世界火热的沙漠之中，在辽阔无边的大草原之上，有这样一个地方，土狼嗥叫，老鹰翱翔，强壮的野牛群在沙漠中扬起的灰尘使西下的夕阳显得更加昏暗；有这样一个地方，它要么叫作地狱，要么叫作天堂，这里的鲑鱼直接跳进熊的嘴巴，在炙热的石头下面，狡猾的蛇群发出"咯咯"声。我们已经来到了一个这样的地方，它赤裸地毫无防备地站在高高的草丛里，散发着强大的自然力量，它像一个孤独的人，像一名颤抖的心脏在身体里觉醒了的年轻女子，她是超出了我们文明的那个世界最后的幸存者。在这个地方，人类生活在永恒自由的大自然里，完全投入，没有禁忌，没有内疚，更没有所谓的羞耻。今晚，此时此刻，尊敬的先生们，请和我一起欢迎内切娜，一朵印第安土地上的害羞之花！"

台下的男人们剧烈地在椅子上震颤起来，喝下手里端着的啤酒，舔掉嘴唇上残留的啤酒沫。

这时，疤痕女孩用一张滚轮桌将一台巨大的留声机推到了舞台上。司仪放了一张唱片上去，并轻轻地把唱头臂放了下来。

从喇叭筒的深处传来了一个神秘的声音，这是音乐开始了。

弗兰茨屏住了呼吸。他从未听过这样的声音。留声机似乎是在承受某种痛苦之下才把声音挤了出来的，节奏缓慢而沉重，旋律哀婉而忧伤。偶尔，有几个明快的调子出来。

接着，歌声出来了。

但是，几乎没办法分辨，这歌声到底是来自于一个男人还是一个女人。歌声的音色深厚、粗糙、沙哑，像喃喃自语，像痛苦悲鸣，又像低声抽泣。这似乎是从一个遥远世界传来的诉说，只是偶然因为某种可笑的意外，在这烟雾缭绕的拉特石窟里迷失了。

有那么一个时刻，弗兰茨心中出现了这样一种幻觉：他感觉自己内心深处被打开了一个无限宽广的空间，那里充满着悲伤。"真是奇怪。"他想着。他闭上了眼睛，但由于某种原因，这无限宽广空间里洋溢着悲伤的感觉，并没有让他感到那么糟糕。

弗兰茨又想了想："也许，我们正好可以借此契机让自己坠落，并且越陷越深，沉入真正的自我里，再也不会回到自我的表面上来。"

这时，唱头臂正在与唱片刮擦，发出迷迷糊糊的声音。

弗兰茨再次睁开了眼睛。

就在他的面前，在聚光灯下，站着那个印第安姑娘。

她背对着观众，一动也不动。她的头发乌黑，又长又光滑的秀发在肩上和背上滑来滑去。

在她那皮革做成的头带上，粘着一根羽毛。她的手臂裸露，又在腰间，流苏短裙上有彩色的绣花，手搁在短裙的下摆上。

她光着脚，脚踝上包裹着细长的皮带，上面装饰着闪闪发光的小玻璃珠。她的腿在灯光下闪耀着光亮。那是一双坚实的腿，光滑、圆润带着蔷薇似的粉红色。

但最重要的是膝盖，从这个膝盖他认出了她来。

这个膝盖，在不久之前，他还把自己的脸埋在那里；这个膝盖，他曾用舌尖一毫米一毫米地试探，并慢慢移向更高的地方；这个膝盖，比弗兰茨迄今为止所见过的任何东西都要柔软。它比安静的夏末的大海更柔软；它比阿特湖南岸树林的苔藓更柔软；它甚至比他的母亲的手更柔软……从前，母亲常常把手放在他的脸颊上，有时是给他安慰，有时是给他奖励，或者有时只是一个随意的触摸，转瞬即逝。

留声机里发出一阵呜咽，阿娜兹卡随之开始扭动。刚开始，她只是晃动着脚，然后腿开始抽搐，再片刻之后，她的屁股轻轻地前后左右摇摆。

她抬起胳膊，慢慢在头上挥动着。从留声机里传出来的鼓点，仿佛直接打在了她的身体上，她的每个动作都配合着一个小小的击打。

她突然转过身来。

她的脸涂着黄色和红色的条纹。她的目光固定地看向远方，然后消失在舞台下一片观众的热情中。

她的头发完全地遮住了她的胸部。

她的头向后仰，朝着大灯面露笑意，伸开双臂，仿佛在拥抱光明。

然后，她开始踩着慵懒的音乐节拍跺脚。

她脚上的玻璃珠和头上的羽毛跟随着拍子一蹦一跳的。

弗兰茨看到汗水顺着她的发际线，从额头上一滴滴淌下来，悬挂在漆黑的眉毛上。

观众们越来越骚动不安，一个男人开始用双手在他的大腿上拍打，在昏暗的光线中时不时传来一声沙哑的咳嗽。阿娜兹卡在舞台上跺着脚，搅起的灰尘纷飞，但她的身体马上就又平静下来，轻轻地来回摇晃。忽然她用双手撩起自己的头发，分到肩膀的两边。她就这么随意地晃动着，就像拉开舞台上的幕布一样自然，然而效果却相当完美，所有人都被吸引住了。

突然，台下有个人大笑了一声，而另外一个人仿佛从一个沉重的负担中解脱出来似的，从他的椅子靠背上摔了下来。

弗兰茨盯着阿娜兹卡的胸部。不久之前，他的脸还靠在这个胸前，感受到那凸起波峰的温柔美好，那是在一条陌生的路上找到家的感觉。而现在，她在向台下所有人卖弄着她的乳房，还一副无所谓的样子，仿佛把她自己当成了一个景点。

最糟糕的是，她看上去很享受这一切。

她在灯光下懒洋洋地伸了个懒腰，轻轻摇晃着她的乳房，好像一切都非常理所当然。

也许，的确是这样。

伴随着一阵妖里妖气的笑声，她又甩动着脖子转过身来，一把抓住她裙摆的流苏，慢慢地掀起来。就像月亮在慢慢上升。

在她身后，在阴暗的角落里，有的人窃窃私语，有的人安静地注视着。

弗兰茨觉得他的心脏打了一个结。他端起啤酒，用冰冷的玻璃杯贴着自己的太阳穴，又把它放回桌子上，放了一张钱在桌上，离开了山洞，没有回过头再多看一眼舞台。

外面的天气出乎意料地暖和，好像不久就是春天了。

院子里，有股潮湿的墙壁散发出的味道。弗兰茨坐到其中一个垃圾箱上，抬头看着那肮脏的灯泡，有一只小飞蛾在周围疯狂地飞来飞去。它用翅膀拍打着灯头和电线，发出奇怪的声音。随后，它停落在滚烫的灯泡玻璃上，乍一看，它的翅膀好像在发光。最后，像个影子一样，从空中跌了下来。

"洞穴"逐渐变空了。人们一个接一个人走到外面，晃晃悠悠地走过狭窄的篱笆小巷，脑子里是酒精营造的幻觉。

没有人注意到弗兰茨，"蜥蜴"和疤痕女孩也没有，他们一个个迅速地都离开了这里。

阿娜兹卡和司仪也出来了。

司仪把手放到阿娜兹卡的脸上，拇指沿着她眼睛下方抚摸了一下，又说了些什么。阿娜兹卡轻声笑了笑，点了一根烟。

弗兰茨从桶上一跃而起。那个男人迅速弯下腰，从他的裤管里拔出一把小刀，这把刀一直放在小腿上的皮口袋里。

"别动！"他平静地说道，"否则我就把你从腰割到膝盖，再从膝盖割到腰上。"

刀片在灯泡的照射下暗淡地闪着光。

"海恩茨，把刀收起来！"阿娜兹卡说，"我认识这个人。"

司仪短暂犹豫了一下，然后把刀又放进了裤管里去。

"好，海恩茨，"她说，"我现在需要和他谈谈！"

他上前一步，站到弗兰茨面前，盯着他的眼睛。

这个男人的左耳垂上戴着一块石头，这块石头经过了打磨，看上去闪闪发光，似乎有一团小小的蓝色火焰从里面照射出来。他胡须上的水闻起来有薰衣草的味道。

"你，我不认识你！"他轻声说道，"我们永远不认识，这样更好。你知道我在说什么吗？"弗兰茨点了点头。

"嗯。现在行了。"海恩茨说。他迅速地递给阿娜兹卡一个眼神，然后消失在篱笆小巷中。

阿娜兹卡张了张嘴，轻松地吐出一圈烟雾。过了一会儿，她的脸便消失在一层蓝色的面纱后面。

"你干吗，小伙计？"

"我看过表演了。"弗兰茨耸了耸肩说。

"好看吗？"

"一般。那个羽毛是真的吗？""那个男人是谁？"

"怎么了？"

"那是谁？"

"德卡巴耶先生。"

"我想，他叫海恩茨！"

"在舞台上他叫德卡巴耶先生，在外面他才叫海恩茨。这只是表演，小伙计！"

"哦。那他是做什么的？"

"表演、娱乐、歌舞。"

"还有呢"

"还有什么？"

"他表演结束后做什么？还是表演、搞笑、歌舞？也许还和你在一起吧？"

阿娜兹卡耸耸肩，用舌头舔了嘴巴一圈，然后在人行道上吐了一口浅棕色的烟草屑。

"我们是同事，你懂吗？"

"我当然懂了！"弗兰茨大声喊道，"我相当懂，很好！我刚刚看见你们俩怎么在舞台上卿卿我我的！"

"卿卿我我？"

"对！就是卿卿我我！有件事是肯定的，这个德卡巴耶先生在他的裤子里肯定不止藏了一把刀，是不是？"

"有的人在裤管里放东西，有的人不放！"

"你是什么意思？"

"你要这么问，我就这样回答你，小伙计！"

"我不叫小伙计，我叫弗兰茨！"弗兰茨喊道，并愤怒地对着垃圾桶踢了一脚。

垃圾桶"当啷"一下倒在地上，噼里啪啦地滚到院子那边，碰到对面的墙，停了下来。

"你走，海恩茨！"阿娜兹卡小声地说。她的目光停留在篱笆小巷那里，司仪的身影已经出现在街头了，现在他正在慢慢退着走。

弗兰茨盯着垃圾桶一路滚远后留下的恶臭的痕迹。

"你属于他吗？"

"我不属于谁，我只属于我自己！"

弗兰茨低头看着自己的鞋子，皮革严重磨损，开始破裂，鞋尖和鞋底的缝隙处已经开始松动了。

突然，他觉得体内的某个地方被邪恶占领了，全力把他推向绝望的边缘。

"我给你5先令，再给我看看你的屁股！"他说，"在灯下肯定看起来不错！"

这句话刚说出口，他就觉得自己像个白痴，一个愚蠢的农家少年，一个荒唐的报亭学徒，甚至鞋尖的接缝处都裂得更厉害了。

"对不起。"

"没关系，小伙计。"在光下，阿娜兹卡拿着香烟，看着烟雾，像一条摇摇欲坠的线在垂直上升，约莫到了屋檐的高度后，荡漾消散开来。

"我不叫小伙计。"弗兰茨用唱头臂似的声音说道。

阿娜兹卡甩了甩烟灰，走近弗兰茨。她身上闻起来混合着薄荷和香烟的味道。在她的上衣领子，挂着又黑又长的头发。她踮起脚尖，吻了他的额头后，转身离开。

过了一会儿，她的脚步在巷子里"啪嗒啪嗒"地响着，随后又慢慢地安静下来。

在灯泡的正下方，有一只死蛾子。弗兰茨弯下腰，用指尖把它从地板上捡起来，并用手帕仔细包好。

（明信片上有城市公园、华丽绚烂的玫瑰和三只雪白的鸽子）

亲爱的妈妈：

昨天，由于某种原因，我没能忍受住想家的冲动。

我去了火车西站，想买一张去蒂默尔卡姆的车票——没买回程票。

柜台后的售票员让我给两先令，她的指甲做过抛光。

然而，奇怪的事情发生了：这个女人的一个不友好的小举动改变了我的主意，于是我跟她说，她应该把票卖给别人，然后我就走了。

我想了想，这样一件小事我本不应该告诉你，可我还是说了。

你觉得报亭怎么样？

奥托. 森耶克呢？

教授呢？

大家是不是都有自己的职责？

你的弗兰茨

（明信片的前景是鸭子一家，后面是清晨美好的阳光照耀着沙夫山）

亲爱的弗兰茨：

我想我很了解你的"某种原因"。但是，让我先告诉你一点：今天的原因对于明天来说已经是昨天的原因了，最晚到后天，它们就会被遗忘。

如果你现在突然站到厨房窗前，我可能会因为太开心发心脏病。不过，我很是为你自豪，因为你还是没有上车。

是的，每个人都有了自己的职责！尤其是对于自己的良心。

不管怎么说，回家还是太早了。

我想紧紧用手抱着你。

你的妈妈

"我什么也不是。我是一摊无用的烂泥；是上厕所用的手纸；是装满肮脏的思想、感觉和梦想的垃圾桶。就是这样，而且我还其貌不扬，让人看了倒胃口，特别是胖。我的天啊！我胖！像一只肥胖油腻的河马；像一只臃肿的笨手笨脚的海象；像一头体弱多病却又贪吃的雌象。我死后，唯一能留下的就是能装满大西洋的油污。

唉！教授先生，如果我已经死了就好了！如果最终这一切能结束，成为过往，能让我重新来过，那该多好啊！"

布策勒顿太太放声哭了起来。她下巴上的皮肤拧巴成一团，脸颊在抽搐，整个身体颤抖个不停。实际上，她不仅超重，在其他方面也缺少美感。除了身体的肥胖，唯一值得注意的是她拥有像孩子一样淡蓝色的眼睛，而且似乎一直准备着，稍有挑衅就噙满泪水。

她是美国人，经历非常丰富，45岁，来自美国中西部一个阳光明媚但非常荒凉的城市。父亲娇宠她，但是很早就离世了，从小不被妈妈喜欢，她的两任丈夫都背叛她、抛弃她，她曾试图把她悲哀的一生都埋葬在猪肉、果冻、馅饼和樱桃派里。

她在几个月前开始了第一次治疗，进展一直很温和。她总是作为这个世界正派的女士出现，然而她却没有到市区外有名的裁缝那里寻找帮助，去定制一套罗登呢外套；没有在疲惫不堪的时候轻轻吹着口哨躺在沙发上休息，而是把自己变成了一个无助爱哭的小孩子。现在，她正在用眼泪和化妆品在那价值不菲的坐垫上乱涂乱画。

教授却反常地想帮助她。

弗兰茨猜测，可能是因为她的态度，或层层的肥肉，或男性的思想，以及开放的心态。当然，还有她准时缴费，而且缴的是美元。

"您继续说。"弗洛伊德说道。

弗洛伊德和往常一样，坐在沙发边沿上，看着自己的脚尖一翘一翘的。

"我一天比一天胖！"布策勒顿太太继续说道，"这个月，我就又胖了几斤，我的衣服全都快不适合我了。说好听点儿就是，我不再适合这些衣服了。我不仅不好意思去裁缝那儿，我现在不好意思去任何地方，特别不好意思站到镜子面前。教授先生，我最不好意思的，就是现在坐在这里跟您谈话！"

弗洛伊德继续靠在那么一小块地方。

在过去几十年的无数治疗过程中，他为什么都喜欢靠在沙发边沿上，唯一的原因就是，他受不了他的病人一个小时一直盯着他而他却不够放松，或者说他这是为了持续看着那些因为需要帮助的、愤怒的、绝望的或任何其他带有感情色彩的扭曲的面孔。

即便这样，最近，他在跟他的病人详谈几小时之后，还是感到有些不堪重负。

他不知所措地观察他们的痛苦，痛苦似乎是镶嵌在每一个人内心世界里的顽石。而他怎么能永远每次都分担那些彻头彻尾的荒唐想法，并尝试和理解各种情况，甚至让他们的痛苦得以缓解？

是什么使他走火入魔，将自己一生中大部分的时间都投入到疾病、郁闷和苦难当中？

他是生理学家，可以满足于用他的手术刀平和地把昆虫的大脑切成薄片。或者，他还可以写小说，写发生在遥远的国度和古代那些令人兴奋的冒险故事。然而，他现在坐在这里。

跳过房间角落里的阴影，可以看见布策勒顿太太的圆脑袋。她染成金色的头发根部已经变成灰色了，当她轻轻地擤鼻涕的时候，她的鼻翼在颤抖。从某个角度看过去，布策勒顿太太的鼻子似乎像一个肉肉的紧张的小动物，因为暴露在未知的、充满威胁的荒野地区，把自己吓得瑟瑟发抖。

弗洛伊德对此感到同情。与此同时，他的同情让他烦恼起来。因为，总有些明显的互动细节，会打断他跟病人苦心建立起更近的距离：一位总导演手中揉成一团的手绢；一位老教师滑落的假发；一个散开的鞋带；一次轻轻地吞咽口水；一些说不出来的词，或者就像刚才布策勒顿太太颤抖着的鼻子。

"您说您羞愧，您在羞愧什么？"

"所有。我对我的大腿感到羞愧，对我的脖子感到羞愧，对我肩膀上的汗水污渍感到羞愧，对我的脸感到羞愧，对我所有的行为举止感到羞愧。甚至当我独自在家，躺在床上，我直接为我自己感到羞愧。我对我所做过的、拥有的，还有与自己一切相关的都感到羞愧。"

"嗯，那您的兴趣呢？"

"你说什么？"

"您的兴趣是什么？您不会时常感觉到需要一些东西，比如说兴趣？"

布策勒顿太太思考了起来。

在院子外面，有人打开了一扇窗，能听到两个女人的唠叨声，然后又重新静了下来。

弗洛伊德回头看了看他收藏的古玩，他想："人都要归于尘土，而且非常彻底。兵马俑的头落了薄薄的一层灰尘。"

在一个兵马俑的左耳上，他甚至看到过挂着闪亮精致的蜘蛛网。

弗洛伊德又想："也许，我的身体在某个时候某个房间里站着，正静静地等待着某人用湿布擦去我头顶上落下的灰尘。"

"我对吃的有兴趣，"布策勒顿太太说，"比如，一个很大的蛋糕。"

"哦！"弗洛伊德叹道。

弗洛伊德把下巴慢慢放到膝盖上。

"因为我们有它！"布策勒顿太太惊呼道。

她将双臂扬到空中。

"我们有什么？"

"你看不起我！"

"你怎么这么说呢？"

"你的'哦'带有一种轻蔑的语气！你看不起我，轻视我！而且你把你的头向前放，你以为我没有注意到吗？你脖子上的毛发的声音我都能听到！"

弗洛伊德不由自主地在椅子上挺直身体，伸出他的下巴。但是，下一刻他对自己小小的不确定性和这种荒谬感感到沮丧，就像在老师背后做鬼脸的小学生当场被抓了个现行一样。

"亲爱的布策勒顿太太，你听我说，"弗洛伊德用一种友好的语气补充道，"我的'哦'既没有轻蔑你的意思，也没有看不起你的意思，更没有任何的不屑。我的'哦'只是体现出我对您的注意。如果我的头再次因为重力向下沉，我想请您继续原谅我。我这颗头现在已经80多岁了，操劳了一生，全靠一根烂颈椎在支撑。"

"对不起，教授先生。"

"回到我们的主题上来，亲爱的女士。"弗洛伊德严厉地说道，"人生的羞愧、耻辱和欲望就是兄弟姐妹，如果你无所作为，它们就这样齐头并进走过你的人生。对于那些仍然隐藏在你过去的黑暗中的经历，我打算在不久的将来，将其和你的善良一起，投放到知识之光当中。在你的人生中，如果只让兄弟姐妹中的一个茁长成长，另外的就会逐渐萎缩。"

"您真是这样认为的吗？"

"是的。"

"我能做什么来改变自己的现状呢？"布策勒顿太太满怀希望地问道。

弗洛伊德俯身向前，在胸前叉着胳膊，用最强的专注力看着他的病人的眼睛："请您停止吃蛋糕！"

几乎是感觉到了从灵魂深处涌来的疼痛，布策勒顿太太开始旋转起沉重的身体，沙发腿破裂了，木地板颤抖着，货架上的文物开始跳动，仿佛是在沉睡了几百年后终于苏醒了过来。

布策勒顿太太走了之后，教授在窗边站了一会儿，往外面看了看院子里的景致。

最近，天气变得暖和了起来，雪早已经融化了，板栗树很快就会发芽。

昨天，舒施尼格向他的人民发表了长篇演说。他穿了一身专业的提洛尔西装出现在他的家乡因斯布鲁克，他问听众："是否想在3月13日全民公决时，选择一个'自由、德式、独立、社会化、基督教化和团结的奥地利'？"两万多名信徒在迪鲁尔山区清澈的空气中大声喊出了他们的决心。

阿道夫·希特勒就坐在柏林某个地方的电台前，舔了舔嘴唇。奥地利就像躺在他面前的一盘热气腾腾的肉饼，现在正是要趁热吃下去的时刻。

舒施尼格在维也纳发表了演讲之后，引发了支持者和反对者之间的暴力冲突。爱国人士散布在整个城市里，高声呼喊："舒施尼格万岁！""我们投赞成票！"

但是，在一群沉默的人群中，混进了一个纳粹分子，在大街上极声高呼："希特勒万岁""一个人！一个帝国！一个领导者！"

一直到凌晨，零星骚乱的轰鸣声仍在呼应着它，就像街头疯狂的狗叫声。

祖博维克女士出现在下面院子里，她是对八卦成瘾的守门人的妻子。她向教授挥手示意，然后开始在角落里撒毒杀鸽子的药。弗洛伊德假装没有看见她，并迅速退回到房间。

在弗洛伊德的办公桌上堆满了信件，整个世界似乎都想从他这要点儿东西。

人们对懦弱的关切充满溺爱，似乎从来没有意识到自己脚下的大地正在燃烧。

他拿起一封不起眼的信，打开来：

尊敬的西格蒙德·弗洛伊德博士教授！明年，非常有名且受欢迎的土方出版社将出版一本名叫《内心冥想的秘密》的选集。值此之际，尊敬的教授，我们向您邀一篇关于这个主题的短文，或者至少写几句寄语……

弗洛伊德懒懒地动了一下，然后把这封信揉成一团，朝废纸篓里扔去。纸团从废纸篓的边缘反弹了出来，贴着木地板滚了回来，在他的脚下停了下来。

不一会儿，他感到体内有一股冲动，他想用力迈开步子跨出房间。可就在这同一时刻，有人敲了门。

很明显，这是他的女儿安娜。

玛尔塔撞着门，安娜敲着门。

"怎么了？"教授声音有些怨气。

"他又来了。"

"谁？"

"报亭里的那个男孩。"

弗洛伊德脸上的神色瞬间变得明亮起来。其实，他一直觉得自己是所谓的普通人，除了有一点点迟钝，除了有一点点与这个世界格格不入。

他和弗兰茨是不同的普通人，因为这个男孩充满了生命力。

在这个年轻人体内流动着新鲜强劲的血液，所以充满了生命力。此外，年龄的巨大差距很自然地让他们之间产生了距离。

弗洛伊德认为，这理所当然。

正是这个距离，才使他与绝大多数研究员保持着可以承受的密切联系。

弗洛伊德在教授当中曾是非常年轻的，但是他依然要面对自己变得越来越老的事实。因此，即使是他的女儿，对弗洛伊德来说也已变成了一种非常突然的存在。他经常觉得，直到前天，他还挨着浴缸边坐着给女儿清洗乳牙，可现在女儿已经超过40岁了。更别说他的患者，以及还健在的家人，还有现在还联系着的几个朋友。

慢慢地，他迈着老年人的步伐，陷入了自己的人生继续前进的僵局当中。终有一天，他只能独自醉心于将自己收集的古玩进行分类，不再引人注目。

"爸爸？"

没有再敲门，安娜直接走进了房间。

她穿的还是那条裤子。

教授讨厌女人的腿上穿着裤子，特别是女儿的腿。

但是，这在某些方面是不可避免的，她是因为他才穿的裤子。只要她在家，一直如此。

"他坐在板凳上了？"

"已经一个半小时了。"

"他有没有带什么东西？"

"我不知道。但你无论如何都不可以出去见他！"

"为什么？"

"这你是知道的！"

弗洛伊德耸耸肩。

他当然知道。他老了，他生病了，他是一个犹太人。

在街头，有太多痞子开着车。但是，找他麻烦的行动还没正式启动，没有展开。而在此之前，他自己的女儿肯定不会让他出去。

"不，我不知道！"他固执地说，"现在你就给我拿来外套和我的帽子！"

安娜笑了笑。

她朝他走了一步，捏住了他的下巴。

他张开嘴，她将她的拇指放进了他的嘴里，用拇指尖紧紧压靠他假牙的背面。伴着一个碎裂的声音，他痛苦地扭曲着他的脸。

"坐下！"安娜看了一眼他的口腔说道。

她收回拇指，用手帕擦干净，踮起脚尖，迅速地吻了他的双颊。

"好了！好了！"他退后一步，搓了搓胡子。

几十年来，他已经学会了如何对付疼痛，女儿温柔的照顾让这件事容易了许多。

"你要注意！"她弯下腰，捡起那张被揉皱的信纸，重新将其扔进了垃圾桶。

　　弗兰茨觉得要做好长时间等待的准备，他把双腿全都伸了出去，这是为了舒服地躺在长板凳上。

　　门被打开了，教授走到了外面。就像第一次一样，他几乎是跳着越过了门槛，仍然是以相当轻快的步伐走在街上，并直接向长凳的方向走过来。

　　"你是不是已经有了想法？"

　　"我已经有了一个想法。"

　　弗兰茨迫不及待地跳了起来，迅速走到弗洛伊德跟前。

　　"但我不敢打扰您！"

　　"有时，你不得不打扰别人，如果你想有所接触！"

　　弗洛伊德给了弗兰茨一个精心装好的小包裹。

　　"在这里，你拿回你的围脖。这已经清洗和熨烫过了，而且闻起来还有些玫瑰香味。女人们奉献了她们最好的东西！"

　　"我衷心感谢您。教授！您不想坐下来吗？"弗兰茨比了一个欢迎的手势说。

　　"不，谢谢！"

　　弗洛伊德朝着一楼的客厅窗户看了一眼，上面倒映着春天清澈的天光。

"我们现在一起走走吧！"

他们爬上了山，在威宁尔大街的左边停了下来，拐了个弯，路经还愿教堂。然后继续朝市政厅方向走去。

天气很暖和，已经几个星期没有下雪了。还愿公园的丁香花开得太早了，一股轻微的热风吹来，吹起了大量的宣传单，好似为了呼吁周日的选举，招摇过市。说到奥地利，就是红—白—红，从生直到死！

弗兰茨把装了围巾的包裹放在衬衫下面，轻轻地柔柔地温暖着他的肚子。

弗兰茨一次又一次地望着自己身旁正小步前行的教授。教授的手杖以稳定的节奏在人行道上发出"嗒嗒"声，他仿佛铁了心要摸索出一条属于自己的路。

教授浅浅地均匀地呼吸着，每一次呼气，他都发出一个轻微的"嘶嘶"声。弗兰茨一路上都在傻笑，有时甚至会发出一阵大笑。

实际上，弗兰茨算是这附近的"聪明人"，但看上去总是有点儿尴尬和格格不入。教授和弗兰茨是不同的，这位老人不只是聪明。

在家乡的湖边，如果你能读懂社区宣传册的标题，或者能读懂提姆卡波车站的时间表，你就算得上是博学了。有许多医生和学校的老师来自维也纳、慕尼黑或萨尔茨堡，夏天的时候，他们成群结队在湖岸边躺着，让他们的"白鱼"肚子晒得红红润润的，最不济也要在金色利奥波德喝掉几升啤酒之后，证明这不是彻头彻尾平淡无聊的人生。

然而，教授比自己聪明多了，弗兰茨想要阅读的书籍，教授竟然可以写出来。事实正是这样的，弗兰茨想着想着，便暗暗笑了出来。

他们在细长的大学楼房的影子里往前走。突然，头脑里有一个念头闪现，让他小小地震惊。这个念头在自己身体内迅速蔓延，形成了一种持久的感觉，并在他的身体里找到了自己的位置，且不能那么轻易将它赶出去：他同情教授。

歪了的下颚，常常佝偻着的后背，瘦骨嶙峋的肩膀，苍老干瘪的手指长满了斑点，艰难地握着手杖……对于由此产生的莫名同情，弗兰茨自己也不明所以。

一个人的老化是一种独特的苦难。弗兰茨对此若有所思，甚至深感无奈。如果时间抓住了某个人，聪明能用来干吗？

市政厅前，儿童和年轻人聚集成一团。他们时而在角落里闲逛，时而胳膊挽胳膊挡在人行道上，一边跑着笑着，一边大喊大叫地穿过广场，挥舞着帽子和旗帜。警察站在周围，袖手旁观，看着他们进进出出。

一个穿着短裤的小学生高喊："胜利万岁！"撸起衣角和裤角，向后坐在了草地上。

周五下午，环城路上的交通非常繁忙，发动机"嗡嗡"作响，马蹄在石头路上"啪嗒啪嗒"敲击着，出租马车车夫的舌头发出"咯咯"声，朝空气中"嘶嘶"地挥动着他细细的鞭子。

人行道上，人潮拥挤。天气温暖，阳光明媚，不时吹过一阵令人愉快的微风。一组柴油车在工人后面缓慢地发出"轰隆隆"的声音。工人们挥舞着帽子，喊着反对希特勒和支持奥地利工人的合唱团口号。其中，一名男子从正在行驶的车上跳下来，把他的鸭舌帽抛向空中，被风卷走了。他笨拙地去追，摔倒在地，侧卧着，一动不动。随即，一小群人围在了他身边，车子继续向前开着。

弗兰茨和教授走到了维也纳国家剧院的左侧，然后走进了人民花园。这里随处可见盛开的丁香。高高的树篱和树木削弱了街上传来的噪音，地上密密麻麻生长着的草皮带来一股湿气。

弗兰茨从来没有来过这里。他喜欢到处走，并环顾四周。他

宁愿和教授在灌木丛中匍匐行进在这绿色的世界里不受打扰地讨
论一切。

弗洛伊德怀着目的地在公园里转，在灌木丛里，在一棵古老的
板栗树下，他发现了一张空的长凳，然后自己坐了上去。

弗兰茨小心地抓住胸前的口袋，从里面掏出一支美妙的奥约·
蒙特雷。弗洛伊德拿过雪茄，把它举在眼前，看了一眼它，放进嘴
里，点燃。

刚才散步的时候，他们一句话也没有说。现在，他们也只是默
默地一起坐着。教授吐出一些烟雾到空气中，下巴"嘎嘎"作响。
远处，有人大喊了一句"希特勒万岁！"接着，听到有欢呼声和一
些明亮的笑声，再接着，又只剩下路上交通低沉的声音。

很压抑地叹了口气，教授依靠着板栗树，眯着眼看了看阳光照
射下有点儿错杂纷乱的树叶，最后，他开了口："我们这样见面，
你这是在浪费！"

"怎么了，教授？"

"这种品质的雪茄并不便宜。"

"因为它们种植在肥沃的圣·胡安·马丁内斯岸边，勇敢的男
人采摘了它们，然后美丽的女人用细腻的手工揉捻了它们。"弗兰

茨认真地点了点头。

"对于这种联系，我不是很明白，为什么古巴的烟农应该要有'勇敢'这样一个突出品性。"弗洛伊德说，"不过这不是主要的，从另一方面来说，我们已经谈论到美丽的女人了：我希望你在找女人方面已经成功了，虽然这种成功总是会告吹。"

"这就是我想和你谈的。"弗兰茨恨恨地说，"我的努力根本没什么用，虽然还不是那么肯定！"

"这样的感觉是经由陡峭的楼梯通向智慧的第一步。"弗洛伊德说，"不过，我们得首先尝试将一盏小灯带到黑暗当中，你想尝试吗？"

"我想，教授。"

"你找到她了吗？"

"找到了，教授。"

"你有问过她叫什么名字了吗？"

"有。我问过了。"

"你是想要我从你的大脑皮层一个字一个字地挤出我想要的答案吗？"

"不用！不用！教授。她叫阿娜兹卡。"

"波西米亚人？"

"是的。她来自于和山上的葡萄园像神秘的情人一样依偎在一起的美丽村庄。村庄在波利斯夫拉的周边，名字叫多布罗维采。"

"像神秘的情人一样的山？"

弗兰茨伤感地点了点头。

弗洛伊德划燃了一根火柴。

"波西米亚美食真的是相当精彩"。

"非常好……"弗兰茨喃喃自语。

另一边，在冬天还是光秃秃的玫瑰花坛那边，走来了两个被岁月侵蚀了的女人，朝那些习惯性地占领着长凳的男人投去了尖锐的目光。

在相反的方向，一个公园的守卫走了过来。他举起一只手，到他的帽檐的高度，敬礼，然后用细棍捅长凳旁边的垃圾桶。

先生们想要道歉，守卫说："这是因为炸弹造成的。""当然，"他补充说，"还有其他所有让市政当局不能忍受的东西造成的。"

弗洛伊德想知道，到底涉及的是什么东西。

守卫耸了耸肩："具体是什么东西我也说不上来，当你找到这些东西了，你才知道是什么。"

"为什么人们认为在人民公园的垃圾桶里能找到可疑物体和炸弹？"弗洛伊德问道。

"为什么不呢？"守卫说，"为什么不是正好在人民公园的垃圾桶里呢？大家又不是投放炸弹的人的肚子里的蛔虫。然而，现在人们不得不感慨，人民公园并不小，维也纳的垃圾桶就像海滩上的沙子一样多。祝你们度过愉快的一天，先生们，再见了。"

"好。"守卫走了之后，弗洛伊德问道，"现在你和这位阿娜兹卡小姐怎么样了？"

"我碰过她了。"弗兰茨答道，"这真是到现在为止我经历过的最美妙的事！"

"我替你高兴。不过我希望她也碰了你。"

"那当然了！和我一样！浑身上下！我被她碰过的每一处，现在还在发烫呢！我整个身子都像火棉一样一直在燃烧着！"

弗洛伊德若有所思地用中指弹了一下烟。

"爱情就像一场大火，没人愿意也没人能扑灭它。"他盯着慢慢滑落到鹅卵石上的烟灰说道。

"我啊！"弗兰茨喊着，从长凳上猛地一跃而起，"我就能并且也愿意扑灭它！我可不想最后变成一堆灰烬！"

“坐下，不要在公共场合大声喧哗！”

弗兰茨乖乖地听了他的话。

“现在冷静一下。也就是说你又见到了她，你知道了她的名字，也知道了她来自哪个地方，你们已经触碰过彼此了，然后呢？”

“她不见了。”

“又不见了？”

“就是这么回事。她走了！就连黄房子里的女人也没告诉我她去了哪儿。”

“黄房子里的女人？”

“对。她们都是波西米亚人，除了那个养猪的老太太。”

教授举目向天空望去，好像期待着能从那闪耀的蔚蓝里收获一些有用的答案。但是那儿什么也没有。他疲惫地摘下帽子，放在了一边的膝盖上。

“要是那头猪对接下来的情节没什么影响的话，那就请你继续说吧，不过要赶在世界毁灭之前。我们都清楚，这是在不久之后就有可能发生的。”

“抱歉，教授。”弗兰茨懊悔不已，继续说道，“她就这么不见了。可几周后我又找到了她。我在黄房子旁的一个垃圾堆后面坐着等她，然后跟踪了她。一直跟到普拉特公园，进了一个洞穴里。那洞穴是个小剧场，或者说是个舞厅，也可能二者都是。反正外面是绿的，里面又是一片红。洞穴里面烟雾缭绕，空气混浊，还有许多点燃的蜡烛之类的东西。我点了喝的。第一个登台的是卡巴耶先生。"

"谁？"

"他的真名叫海因茨，他是讲笑话的。他把希特勒演成了一条狗，女侍者用一根绳子牵着他离开后，音乐就停了。"

"什么样的音乐？"

"不知道。相当有节奏感，还有些悲伤。后来，阿娜兹卡就出场了。"

"谢天谢地。"

"没错。她在舞台上不叫阿娜兹卡，而是一个叫内切娜的印第安女人。确切地说，那当然是阿娜兹卡，只不过是穿了印第安人的服装，戴着假发和羽毛，一副打扮过的样子。她跳起了舞，但不是平常的舞，而是有些……让人兴奋的舞。"

"你能说得更爽快点儿吗？"

"她脱掉了衣服，把自己的肚子、胸还有屁股一一展现在了聚光灯下。"

"我猜这是你此生所见过最美的景象？"

"对，是这样，虽然这些我都见识过了。可恶的是，这次还有另外一群男人在场！于是，我出去了，坐在入口前的垃圾桶上。没多久，她也出来了，不过不是她一个人，是德卡巴耶先生跟她一起出来的。"

"海因茨？"

"对，他从裤子里抽出了一把刀，随即又冷静了下来，没有伤我。我跟阿娜兹卡聊了聊，这期间她看我的眼神是那么冷淡，我恨她。可同时，她又让我觉得很难过，因为她将屁股展现在了一群男人面前。于是，我踢了一下垃圾桶，还骂了她。她吻了我一下，便走了。最后，一只飞蛾从天而降，一切都成了过眼云烟。"

教授闭上了眼睛，深吸了一口荷约雪茄。他的另一只手撑着下巴，下颚顶着手指左右移动。突然间，他将手放到了腿上，继而转向弗兰茨。

"你爱她吗？"

"你说什么，教授先生？"

"你爱这个普拉特公园的波西米亚姑娘吗？"

"哈！"弗兰茨放声大笑，他用手拍了一下大腿，跟着又是一声"哈！"

当然了！他想喊道，那还用说！他想带着一种突然涌现的、几乎令人惊恐的喜悦告诉教授，冲着人民公园，冲着这个世界大声喊出来。没错，这怎么能算一个问题呢？这是个多么多余、白痴、牵强而又彻头彻尾愚蠢的问题！他当然爱她！他显然爱她！他爱一爱一爱她！胜过爱这世上的其他所有！甚至胜过爱他自己的心、自己的血，以及自己的生命！弗兰茨就想这么或更强势地冲着教授喊出来。

奇怪的是，他一句话也没有说出来，一个词都没有，一个音节都没有。取而代之的是沉默。刚刚在喉咙里隐隐作痒的微笑也被他藏住了。过了好一阵儿，才慢慢溶解开，好像是他记忆中那个努斯多夫小商店里的赛德迈尔老太太塞给孩子们的那种黄色的气泡糖，起初在嘴里发麻，很快只剩下被黏住的牙齿和苦涩的余味。

"我不知道。"他轻声说，"原本我是确定的，可现在我也不清楚了。"

弗洛伊德缓缓地点了点头。

弗兰茨再次意识到自己是多么的脆弱，像是一个微小的、带着棱角的骷髅头，仅仅是靠着奇迹，才得以在瘦弱的脖子上保持平衡。

弗洛伊德的胡子上落了一些灰，弗兰茨巴不得自己能向前弯下腰，一点点地把它掸掉。

"好。"弗洛伊德说，"我建议咱们现在先搞清一些概念。在我看来，当我们谈论你的爱情时，实际上指的是你的性欲。"

"我的什么？"

"你的性欲。从一个特定年龄起，它变成推动人们的力量，它带来的快乐和痛苦一样多，而且就男人而言，它就在裤裆里。"

"您也是吗？"

"我的性欲早已得到了克制。"

突然间，长凳旁簌簌作响。一只小鸟从灌木丛中飞出，直接在两个男人脚前的鹅卵石上停落下来。它有着麻雀的身形，羽毛看上去漂白过一般，边上有一些浅黄的斑点。它的眼睛是红色的。这只鸟就那么一动不动地停了好一会儿，随后展开翅膀，蜷住身子，开始在石头上翻转。与此同时，它晃动着尾巴，抖了抖羽毛。然后，又像它之前突然那般停了下来。两次跳跃后，它慢慢挪向长凳，停留了片刻，终于飞了起来。

"现在，连麻雀都疯了。"弗兰茨边说边用脚去蹭鹅卵石。

"那是不祥之鸟。"弗洛伊德说，"它总是在瘟疫、战争和其他灾难爆发前出现。"他手里的雪茄"滋滋"作响。

一阵清风吹过，在树冠里发出"飒飒"声。

"会有灾难吗，教授？"

"嗯。"

弗洛伊德又看了看身后的不祥之鸟，它早已消失在了城堡剧院后面。

"教授，我觉得我是个大笨蛋，"弗兰茨在一阵陷入深思的沉默后说道，"一个彻头彻尾的上奥地利州蠢货。"

"祝贺你，这想法会促使你好起来的！"

"我刚刚问自己：'在这疯狂的世事中，我这愚蠢、渺小的忧愁究竟有何立足之地？'"

"我想我能给你一些安慰。首先，虽然为了女人烦恼通常是愚蠢的，但这烦恼也常常并不是微不足道的。其次，这个问题是不是可以换个问法：在你的忧愁中，这疯狂的世事有何立足之地呢？"

"您在取笑我呢，教授！"

"不，我绝对没有！"弗洛伊德坚决地举起了雪茄而非食指，"当前的世事不过是脑瘤、溃疡、化脓发臭的腺鼠疫罢了，它不久就要破裂，将关于整个西方文明的可憎全部抽空。我承认这表达有些露骨和直白，可这是真相，年轻的朋友！"

弗兰茨感到一种奇怪的自豪感涌上心头，如同头颅里的某处炸开了，温暖的阵雨在他的脑中缓缓飘落。他现在是教授的年轻的朋友。

"真相……"他若有所思地摇着头重复道，"大家就这么躺在您的沙发上，听这些真相吗？"

"别闹了。"弗洛伊德不快地盯着雪茄剩下的那一小段说，"总是只说真相的话，那门诊室早就灰尘遍布，空无一人，如同荒漠了。真相远比人们想象的作用要小得多。这点适用于生命，也同样适用于心理分析。病人讲述他们的想法，我负责倾听。有时候恰恰相反：我讲述我的想法，病人倾听。我们时而谈论时而沉默，时而沉默又时而谈论，与此同时，我们共同探究灵魂的阴暗面。"

"您为什么要这么做呢？"

"我们在黑暗中艰难地摸索，就是为了偶尔能碰到有用之物。"

"因此人们必须躺着？"

"站着也可以，但躺着更惬意。"

"我明白。"弗兰茨说，"这让我想起了从前。有时，我会在夏日的午夜从屋子里溜出去，跟朋友们去树林里。每个人都带着一支蜡烛，树木闪烁着，宛如偌大的幽灵。好一阵子，我们就在黑暗中踉跄地走着，真正有趣的东西却从未遇到过。有时，会有人踩到蚯蚓。不过，我们很快便又回家了。"

"就是这样。"停了一会儿后，弗兰茨补充道，"还有段时间，大家只是害怕树。可您跟您的病人在黑暗中都遇到了些什么呢，教授？"

"最美好的梦。"

弗洛伊德把剩下的雪茄放在椅子扶手上，看着雪茄闪出最后一点火星，直至熄灭。他轻轻拿起已经熄灭的雪茄，扔进垃圾桶里。

弗兰茨喊道："但是，世事对我来说算什么？我不能到死都活在黑暗中，像蚯蚓一样任人践踏，或者活在幻想里面。你说得轻巧，你早已克服性欲，但是我却为此而烦恼，我快受不了了，我不知道还能撑多久，我不知道是否应该再见阿娜兹卡，我不知道是否想见她，我也不知道我是否能够再见到她，我不知道，我不知道，我不知道……"

他再次弹跳起来，跨过长椅与蔷薇花园之间的间隙，用疲倦的声音问自己："老天啊，我该怎么办？"而后又坐回到长椅上，"您帮帮我吧，教授！"

弗洛伊德抬起一只手，遮住一只眼睛，然后又把手放在腿上。

"我觉得，我帮不了你。寻觅一个和自己意气相投的女人是一项艰巨的重任，每个人都需要独自面对，我们孤零零地来到这个世界，孤零零地死去，独自抵抗孤独。当我们初见一个漂亮女人，那感觉如同一个人的出生和死亡一样不寻常。最紧要的是，我们从此开始注意到了自己，我们会追问自己：'我们想要什么？我们想去哪里？'你必须开动大脑，如若没有答案，那你就多问问自己的心。"

"我已经等不及了，我的心一直留在红星街那个房子里。"

"你在那儿没有留下任何东西。不听老人言，吃亏在眼前。你先问你裤裆里那个东西，答案就不仅会很清晰，而且可以避免不知所措。"

"嗯……"弗兰茨将手放在自己的额头上，"也许，确实是这样的。可您的方法在人们行为不当时不仅起不到任何作用，而且有可能会让他们错过康庄大道，反将他们送到一条荆棘之路上。从此，他们必须依靠自我的力量去找到出路，没有路标可以参考，他们走了多远，或者是否已经走在了通往目的地的路上，全都不知道。"

"是这样吗？"弗洛伊德扬起眉毛，慢慢地张开嘴巴，咽了咽口水。

"教授，您现在这个反应，是想说我有点儿滑稽吗？"

"你怎么知道我在想什么？"

"我不知道，但您好像在表示我说了一些荒唐的不可信的事。"

"你不滑稽，完全不。"弗洛伊德用手轻轻抚了抚凌乱的头发，从膝盖上拿起他的帽子，戴在头上，站起身来，"我觉得，今天我们已经谈得够多了。夕阳西下，谁也说不清明天的太阳是否会照常升起，更不用说别的事了。"

突然，教授站了起来，以一个出人意料的飞快速度，杵着他的手杖，在石头路上发出有节奏感的声响，朝环形路的方向走去。

弗兰茨依旧呆坐在那里，直到风吹走了落在树篱后面的帽子，他才起身去追。

在贝格街，他们短暂地握手告别。弗兰茨感觉弗洛伊德的手干枯轻巧，像鱼刺一样，就像人们从破渔船里拉出来的已经死了几个星期的烂鱼刺，骨架轻易就会被拉碎。

教授回家之后，弗兰茨将耳朵贴在门上，闭上眼睛听。屋里，弗洛伊德的脚步在楼梯口放慢了。

弗兰茨睁开了眼睛，后退时有些犹豫，且小心翼翼。

弗兰茨决定去土耳其街那个街口的小酒馆，点一份辣味红烧牛肉和一杯啤酒。

傍晚时分，罗特·埃贡回到他位于黑色西班牙大街的地下公寓，坐在房子里面仔细听着他的收音机，陷入主播库特·舒施尼格磁性声音里无法自拔。

这是总理最后一次在公众前的演说，之后很久都将听不到了。

在希特勒粗暴的暴力威胁下，他被迫驳回有关奥地利独立的公民表决，并且被迫下台。为了保证边境安稳，保证不至于遭到德国军队的血腥屠杀，他向希特勒无条件地妥协。

致辞的最后，他讲了一句话："这一刻我正式跟奥地利公众告别，并发自内心地祈祷，上帝保佑奥地利！"

他的演讲刚结束，街上便传来无法控制的吼叫"一个民族！一个国王！一个领导者！""犹太该死！"或者仅仅只是一些刺耳的大喊、大唱，或者哭号。

罗特·埃贡关掉收音机，经过脏兮兮的小窗户，直接站在了人行道上，他看到了处在惊恐中颤抖的维也纳和匆忙狂奔中的维也纳人。

他又动了起来，走到他的小箱子跟前。

过了一会儿，他注意到自己修长的身影映在黑色的玻璃门上。他系好领结，沾了一点口水在手指上，理顺了左边的眉毛。他打开箱子，取出一包厚厚的卷起来的布料，以及一个锤子和一些钉子，没有锁门便出去了。

在二楼的楼梯口，他遇到了那两个无赖售票员。他们是夫妻，当他们尖叫着冲向街道，他们的短裤在膝盖上晃动，稍微喘息一下，罗特·埃贡冲向最后一层，在可以够得着阁楼门的地方，他用脚尖踢着一只死掉的鸽子。

他强压住心里的厌恶感，爬上一个木质梯子，通过一个小窗到达了屋顶。

狂风夹杂着沙尘吹打在他的脸上，他被迫闭上了眼睛。

街道上，警报声此起彼伏，成千上万的维也纳公民正团结起来并持续不断地发声，以一种"蛊惑人心"的叫喊声哀号着，整个城市为之颤抖。

他小心翼翼地爬到屋檐上，并坐在了那里。他用锤子将一块布料固定在涂了焦油的房顶，然后将滚珠放在檐沟里，滚珠拍打着位于他下面五厘米处的墙面和那个刚去世不久的女人家的窗户，发出清脆的响声。他听着，觉得很过瘾。

他把锤子和钉子小心翼翼地放进夹克里面的口袋，慢慢朝前滑去，滑到屋檐边的时候，把腿吊在那里晃动。

从街对面那个开着的窗户飘来阵阵炒肉的香味。烟囱上停着两只鸽子，当风吹起它们的羽毛，它们偶尔会面对着彼此，或者就在它们所处的那个小区域里快速地移动。

罗特·埃贡从裤子口袋拿出一个皱巴巴的小包，取出烟，放在手心看了一会儿，然后将烟塞进嘴里，点燃。

他深吸了一口烟，紧闭双眼。

当七点整的那辆列车呼啸着经过小天窗时，三个带有纳粹标志的男人和一个女人在屋顶匍匐前进，他们面目狰狞，这都与他无关。

他将重心前移，把不带滤嘴的香烟弹向天空，自己跳了下去。

"你读过这段吗？"奥托·森耶克恳切地问道，并将《帝国邮政晨刊》举过头顶。

弗兰茨摇了摇头。

弗兰茨已经好几天没读报纸了，或者说，他根本不愿意读报纸。

弗洛伊德说的话在他脑海里像一群受惊的苍蝇一样，嗡嗡打转，他没有打开报纸，只觉得报纸上的字变成一个一个字母正往外跳。

"坐下来，听我说！"奥托·森耶克命令弗兰茨。

弗兰茨停下了手头的工作，从货架上取出前几天的报纸。他发现这几天所有报纸都以翻拍的阿道夫·希特勒的照片作为头条，主图是他坐在板凳上。

弗兰茨打开《帝国邮政晨报》，读了起来："卑鄙的预谋被阻！昨天才公布的，通过几个勇敢的维也纳人的干预，一张别有用心的有关帝国新思想自由的布告被扼杀在摇篮中。"

"哈！"奥托·森耶克用手拍着柜台喊着，"你听到了吗？新的思想自由！"他再次抬起手想要拍桌子，可是在最后一刻，他控制住了自己。

他用沙哑的嗓音继续说："在一定程度上，就如罗特·埃贡一样有名的臭名昭著的布尔什维克主义者和失业者胡贝特·潘斯汀尔，要求人们晚间去他们位于黑色西班牙大街出租公寓的屋顶，那里没有人会打扰他们实施计划。他展开了他亲手制作的横幅，上面写着应该对我们难听的国歌、我们的人民以及我们的国家发动攻击。"

奥托·森耶克合上报纸，以迅雷不及掩耳之势从柜台后面跳出来，逼近弗兰茨的脸吼道："如果除掉这个如此不诚实不灵活和结巴一样无耻的帝国直系新闻工作者，那就还有希望。"

弗兰茨尽可能小声地说："听你的，看它会怎么发展！"

奥托·森耶克吼道："这要归功于热心的居民和路人的勇气，那个危险的怪人的阴谋才没有成功，他发表了对维也纳中产阶级攻击的演讲，时间太长了。充分认识到自己所面临的巨大危险之后，男男女女都爬到屋顶上去，站在这个不知所措的政治刺客的面前，要求他立刻把大条幅标语当面交出来。然而，胆小的共产主义者潘斯汀尔完全不这么想，不愿意放弃他的计划，而是在给人们制造困难，并威胁大家。事件中是否动用了武器，直到新闻定稿的时候都没有厘清，当事人的相关说法可能会被采用。"

"哈！"奥托·森耶克又喊起来，"武器！罗特·埃贡宁愿用手指给面包涂黄油，也不愿用刀子！"

在这期间，奥托·森耶克的脸开始出汗并且变得通红。他用毛衣袖子擦了擦汗，完了继续说道："他粗犷的动作就好像作案人失去了平衡一样，跌倒在屋檐的低凹处。幸运的是，人行道上没有人因为这个人掉下来而受伤。那个作案的人死了之后，无耻的横幅被藏起来，并销毁了。"

奥托·森耶克踉踉跄跄地站了起来，呆视着手中的报纸。突然，他打了个寒战，一把将报纸撕成碎片，碎纸片在他周围慢慢飘落下来。撕完之后，他把手慢慢放下来，他的背心滑了，斜挂在肩上。他轻轻地动了动腿，穿好鞋子。

他轻声说道："那个横幅上写的是什么，你知道吗？"

弗兰茨默默地摇了摇头。

"心若自由，人便自由。自由万岁！人民万岁！奥地利万岁！"

奥托·森耶克停下了穿鞋的动作，静静地站在那里。但他很快又打破僵局，一跳一跳地回到了柜台后面。弗兰茨就这么看着他，看着他消失在灯光阴影里的脸庞。

今晚又要失眠了，最近总是这样。自从弗兰茨来到维也纳之后，每晚都是辗转反侧难以入睡，受尽失眠之苦。可是以前，当他每晚躺在自己位于湖边的床上时，会感觉无比舒适安逸。双手交叉着放在脑袋下面，张着眼睛，仔细聆听夜晚的倾诉。

眼下，白天的哀号已习惯性地转换为深夜的呻吟，那个呻吟声仿佛不断从街上传过来，飘进他的耳朵里，飘向这个卖报员的小屋。墙里面偶尔会传出咕隆咕隆的声音，或者从小卖部那里传来窸窸窸窣窣的声响。弗兰茨想："那大概是老鼠发出的声音，或者是前些天的那件事，已经变成人们的记忆，此刻正窸窸窣窣地从报纸上跳出来。"他继续想："报纸上用大写的粗体字来鼓吹这样的真相，仅仅是为了它们能在下一版印刷时忽视这件事，甚至直接跳过这件事。早刊的真相实际上就是晚刊的谎言，这对记忆根本没有太大作用。那些被记住的通常都不是真相，而只有这样，才会被大声喊叫出来，或者被大量地印刷发表。当这样的记忆一直窸窸窣窣地作响，持续时间非常长久之后，它们便成了历史。"

他把盖在身上的毛毯一脚踢了出去，伸出双臂，舒展开身体。他从床垫里听到了自己心脏跳动的声音，深沉又轻盈，像轮船的引擎一样。这样看着他的身体慢慢沉进床垫里去，再听这样的心跳声，这种感觉很好，但只是一次短暂的飞行。他的身后似乎有人在喊着什么。在他的身下，轮船沿着湖水在轰鸣，鱼儿跃出水面，现出它们的肚皮，有一顶黑色的帽子随着浪花轻轻摇晃着。视野里的小旗子无法被忽视，上面写着："对不起，你的母亲在叫你！"

在睡梦中，心脏再次敲打着弗兰茨，发出均匀的越来越响亮的"扑通"声。最近这段时间，弗兰茨相当成功地让自己养成了习惯，并记下自己做过的梦。夜复一夜，他一次次摸索出火柴，在摇曳的烛光中，潦草地在方格纸上记下一些杂乱无章的话，这些方格纸被他放在的床底下。

这非常乏味、无趣，并没有给他带来什么。事实上，他这样做只是为了教授高兴，如果他没有这样的事情可做，他会暗暗感到内疚。坚持了几天之后，他已经慢慢适应下来了，或者说这已经成了一种自律的练习，甚至有点儿轻松感和满足感。

弗兰茨自己也说不清楚为什么会这样，他也并不特别在乎。他把梦记了下来，随后的几个小时便能够平静地睡着了，且不会再做梦。他费这么大劲儿产生的效果，似乎是划得来的。

"在阿特湖上的一次飞行，"弗兰茨用涂鸦一样的儿童字体写道，"有人在我身后大喊：'蒸汽船很漂亮，鱼不好看。'教授看样子是把他的帽子弄丢了，母亲在远处的某个地方朝这边挥手。"

他把纸条和铅笔放到床下，然后吹灭了蜡烛。他的眼睑深处继续闪烁了几秒钟的光亮。

"啊哈，"他心想，"很显然，记忆里不仅只有窸窣声，还有闪烁的光。"

自从他离开萨尔兹卡默古特以后，他的那些想法都从身体里跑了出来，那些他从没审视过，一直藏在身体里的想法，大部分都是一些不可思议的废话，却莫名的有趣。

他翻了个身，闭上眼睛，知觉似乎瞬间被丢在了身后。

大概三秒钟之后，他突然从床上直直坐起来，屏住呼吸。一阵嘈杂声把他唤回了现实世界，一阵爆破和碎裂声，似乎要把这暗夜撕扯碎。然后，又恢复沉寂。弗兰茨跳了起来，跑进售货间。在他面前，在惨淡的晨光中，充斥着一片难以置信的混乱。货架被打坏，门斜挂在它的铰链上，门框向屋内凸出一条长碎片。

地板上布满了碎玻璃碴子，两个歪了的报纸架子横躺着挨在一起，到处都散落着报纸、雪茄盒子、烟草箱子、打开的铅笔筒和一根根香烟。

一些零碎的单张报纸在外面的人行道上被吹鼓起来，像轻声低语的幽灵一样游荡到对街。

弗兰茨恼怒地向前迈了一步。在他的皮革拖鞋底下，碎玻璃碴子嘎吱作响。这双拖鞋是奥托·森耶克前阵子为了抵消超时工作的加班费而留给他的。从门框上往下滴着一种黏糊的液体，在地板上集成了一块发亮的斑点。刚一抬头，他就看见了售货柜台上有个东西，一个黑色的东西，一个深色的躯壳，湿漉漉的一堆，摊开在柜台上。有那么一瞬间，那个东西似乎在呼吸，非常缓慢地一起一伏。它散发着恶心的气味，似乎是甜的，还有一点儿酸味，更像是变质的肉、血和粪便的气味。他小心翼翼地弯下腰，尽可能离那个东西近一点儿。

一起一伏的呼吸，当然只是想象。

真实情况是，柜台上放着一只或好几只大型动物的内脏。软塌塌的碎组织，泛着光的脂肪块和用完好的血管缠绕着兜住的圆鼓鼓的大肠。

弗兰茨往后退了一步，脚下好像有什么东西裂开了。在玻璃碎片之间躺着一只切下来的鸡头，正用蓝色的、死了的眼睛看着他。

奥托·森耶克早上六点准时来开店门时，什么话也没说。他沉默地看着一切：在过道上涂抹着歪斜字迹"犹太人来这里买东西！"被倒出的大量污垢和各种碎片，还有血、鸡头、柜台上发臭的大肠，和他的学徒弗兰茨，在凳子上缩成一团，正透过没了玻璃的货架向外看去，凝视着路面。

奥托·森耶克站了很久，一动不动，一言不发。最后，他张开嘴，想说点儿什么，可只微弱地发出一点儿声音，还没轻声吐个气泡的声音大，便再也没有更多的话说出口。然后，他开始收拾。

他们把地板上的玻璃扫到一起，将内脏和鸡头塞进一个大帆布包里，这个包看上去很快就吸满了血似的。

他们把走道、墙面、地板和货架全都冲刷了一遍，把弄脏的、变软的、弄断的和粉碎的雪茄和别的香烟装进一个箱子，把所有这些都放到了屋后的分类垃圾桶旁。最后，他们清理了货架框子上的玻璃碎片，拆下了门，把铰链弄正了之后，重新又把门挂了上去，又用醋和一种粉红色的、闻起来有毒似的粉末把地板、货架和柜台再次冲刷了一遍。

几个小时以后，当他们都打扫完了，奥托·森耶克撑起挨着靠在地板上的拐杖，小心地把大腿根放在手柄上，深深呼了一口气。

"我们晚点儿再去找玻璃工。"奥托·森耶克说道，"现在，你去买两瓶啤酒来！"

他们喝着瓶装啤酒，缄默地、小口地、缓慢地喝着。奥托·森耶克坐在柜台后面，弗兰茨坐在板凳上。这是一种施蒂里亚产的啤酒，颜色深，味道涩。

转眼就到下午了，路上行人匆匆经过，只有很少几个人注意到了报亭，几乎没有人停下来，或瞥一眼里面没有玻璃的货架。

有一次，一只消瘦的狗停了下来，来回在入口处嗅着，但是很快又被它的主人用绳子给硬拖走了。

马路对面，医生－博士－海因茨尔女士急匆匆地走过去。看起来，她的注意力都集中在了脚下的路上，无心往报亭这边多看一眼。

一位老警察把他的脑袋探进门里，很快朝四周扫了一眼，沉默地拿手举起帽子当作问候，便迅速离开了。

在维也纳森林后面的某个地方，夕阳开始西下。

啤酒已经喝完了，奥托·森耶克清了清嗓子。"有意思，"他说，"一整天几乎都没什么可说的！"

就在这时，一辆过时的深色汽车停在了门口，三个穿灰色西服的男人走了出来。其中一个人，多余地敲了一下敞开的门框。这是一个看起来有些忧虑和憔悴的男人，带着泛黄的官员面孔，说："森耶克先生？"

"我们马上就要关门了。"奥托·森耶克说。

这个男人把嘴咧成一个斜了的微笑。他的右耳在暮色里泛着玫瑰色的光。"关门是可以的，"他说，"但是，只有我们先同意了才可以！"

"赶快滚，狗杂种！"奥托·森耶克轻声呵斥道。听起来，他好像是要把那三位先生的帽子给喷下来。那位憔悴的男人在原地站了几秒钟，朝他的同事点头示意后，向侧面跨了一步。

一个男人拉住门，另一个男人直接穿过货架走了进来，直接朝着弗兰茨的左边耳朵给了一拳，并没有明显的动作幅度。

在弗兰茨从凳子上滑下之前，他就已经感觉到耳蜗里涌出了温热的血。他的耳朵一边嗡嗡作响，另一边听到了奥托·森耶克的叫喊声和他的羊毛背心被撕扯的声音。

没错，他们正揪住奥托·森耶克，拽过柜台，往地板上强拖。

"奥托·森耶克，我以非法占有和传播色情刊物的罪名逮捕你！"那个憔悴的男人喊道。

紧接着的，是一瞬间的沉默。

奥托·森耶克低沉着头，跪在地板上。弗兰茨隐约看见奥托·森耶克的额头上多了个黑点。

"你把色情杂志藏在哪儿了？"憔悴的男人问。

奥托·森耶克把头低得更厉害了。其中一个男人跨了一大步，踩在他的肋骨上。伴随着一声呻吟，奥托·森耶克往一侧倒了下来。

奥托·森耶克用双手捂住脸，做防卫状，紧紧蜷着腿，把身体缩成一团。第三个男人在他的主管点头示意之后，走到柜台后面，用力拉开抽屉，拿出一沓薄薄的《柔情杂志》，露出一副胜利者的讥笑。

"你就卖给犹太人这种垃圾？"

奥托·森耶克晃动着脑袋，张开嘴，用几乎只有他自己才能听见的声音说："是的！"

"是从什么时候开始的？"

"不知道。"

憔悴的男人又点了点头，他的同事胡乱地用脚踩奥托·森耶克，用鞋尖重重地踩在肾的周围。

奥托·森耶克低沉地呻吟着，把身体蜷缩得更紧了。

他耳朵里的嗡嗡声已经变轻了，疼痛也几乎都散去了。

弗兰茨闭上了眼睛。他想到了当他还是个小男孩时，在连绵的雨后，在湿润的泥土里抓到的那些蚯蚓，总是在他的手掌里盲目又毫无意义地蜷缩缠绕着。那些蚯蚓摸起来很奇怪，黏糊糊的，圆滚滚的，凉凉的，当他用缝衣针戳它们时，它们就蜷缩成很小的一团，被戳破的地方会冒出深色的水珠。

"好吧，再问你一次：'你是从什么时候开始卖色情杂志给犹太人的？'"

"一直都在卖……"奥托·森耶克低声说。

"我亲爱的卖报先生，这种事可没第二个人敢干。"憔悴的男人一边谴责着，一边摇着头说。他弯下腰，揪住奥托·森耶克的头发，将其从地板上拎了起来。

"完全不是这样的！"弗兰茨在拐角处霎时振作了起来，用发抖的双腿站了起来，"那些小册子是我的！是我自己买的！所有的都是！因为我喜欢看这些东西！"

"闭上你的臭嘴，弗兰茨！"奥托·森耶克嘘声说道，"你完全都不知道自己在说些什么！"

"我很清楚自己在说什么！事实已经被我说出来了！我做了坏事，我自己必须有承担责任的能力！警察先生，你们一定会成全我的，对吧？"

憔悴的男人像扔一个烂苹果一样，放下了奥托·森耶克的脑袋。他直起身来，盯着弗兰茨看。

"要不这样吧，你们直接把我带去派出所，或者警卫室，再或者其他什么地方。这些册子都是我的，是我买的，也是我看的。我看了上面那些照片，是我把它们藏在抽屉里的。如果这些算犯罪的话，我想为此负责，麻烦你们了！"

"闭上你的臭嘴，你这个白痴！"奥托·森耶克又挤出了一句话。

"为什么不让他说呢？"憔悴的男人疑惑地说道，"应该让他说几句的，那个毛头小子！你叫什么来着？"

"尊敬的警官，我不是毛头小子，我叫弗兰茨·胡赫尔！"

那位憔悴的男人交叉着双手，背在身后，缓缓地朝弗兰茨这边走了两三步。"哦，是吗？那你就说吧，想说什么就说什么，胡赫尔先生！"

"弗兰茨……"奥托·森耶克又把脑袋抬了起来。

疼痛使他的脸变形了，在找到弗兰茨之前，他的视线在雪茄盒子和货架之间游离了几秒钟。

"你是我的学徒……而且还是个白痴。所以，你现在要完全按我说的做：坐下来，闭上你的臭嘴！"

这时，弗兰茨才看见奥托·森耶克腿上的薄薄血迹，像一条轻柔的溪流，几乎只有一根线那么宽。

在某个瞬间，弗兰茨看见了他眼中的绝望，如同一层纱，如同一层纤细的、薄如蝉翼的黑纱。

此刻，他对眼前一切都已经明了了，就好像通向未来的窗户在刹那间打开了，白色的恐惧穿过这扇窗，吹向他，吹向这个又小又笨、无能为力的萨尔兹卡默古特男孩。

伴着压抑的啜泣，他跪了下来，双手搂着奥托·森耶克的脖子，并试图用膝盖托起他的身体。

"放开我，弗兰茨！"奥托·森耶克沙哑地对着弗兰茨的头发说，"求你了，放开我！"

奥托·森耶克被押进了后座，汽车因为歇火猛地"嗡"了好几下，然后便从威宁尔街转进了博尔茨曼街。

车走了之后，弗兰茨仍在报亭门口站了一会儿。

奥托·森耶克临离开时，没有继续叫喊，也没再说什么，是毫无抵抗地任由他们押走的，而且是被那几位阴沉的男人撑着跳进了小汽车里。弗兰茨曾跑进过屋里去取拐杖，当他再跑出来时，车已经开走了。

拐杖，像两根老树干一样挨着斜靠在门口，看上去毫无用处。

这时，天空下起了蒙蒙细雨。这是一场温暖的春雨，在路面上散发着香气。在某些地方，在某个屋顶上，现在肯定能看见彩虹。

在罗斯胡贝尔肉铺的玻璃窗上，雨水像一条条小溪一样流下来。肉铺里面，屠夫正在随意地切着一块猪后腿肉。奥托·森耶克被带走时，他曾站在门口观望，双手交叉在防血围裙前，脸上泛着一丝微笑。当车开走了以后，他摇着头，激动地发出一声短暂的笑声，又走进了屋里。

弗兰茨依然站在那里，没有挪动。此刻，他也许只能站在这里一动不动了。时间会消失殆尽，人们却不用顺流而下，或者往回划动。

行人们毫不在意地从他眼前经过。

不知何时，他听到一个小孩哇哇大哭起来。

百舌鸟们在还愿教堂四周的花坛里来回啾啾叫着。

在维特哈默安装店的窗台上飞来了两只鸽子，随即便退到窗户的拐角处。

一阵风把雨雾吹到了弗兰茨的脸上，很舒服。他闭上眼睛许愿，希望眼睛永远不会再睁开。

不知过了多久，他听见身后有人咳嗽了一声，并用淡淡的声音说："这报亭还有人做生意吗？这是打算让顾客自己拿吗？"这是尤里斯提卡·科莱尔在说话。在他厚厚的眼镜片上倒映着两个弗兰茨，两个弗兰茨身后的背景都是朦胧的毛毛雨和还愿教堂模糊的顶尖。

"报亭当然做生意啦，尤里斯提卡先生！"弗兰茨回答道，"跟往常一样，给您来一份《维也纳森林邮递》、一份《农民周刊》和一盒长亨利希，是吧？"

弗兰茨在玻璃装配师傅斯陶芬格那里订了新玻璃，运送及时，装上也刚刚好。

这么多年来，报亭第一次变得亮堂起来了。

街道上的亮光渗入报亭里每个角落，雪茄盒的盖子焕发出生机勃勃的奇异色彩。现在，就连屋子里的蜘蛛网和天花板上褐色的水渍也能看得一清二楚了。

　　弗兰茨买了一桶白色油漆，从安装工人的老婆维特哈默太太那里借来一把梯子、一个防护围裙和一把马鬃刷，粉刷天花板。刷完天花板，又刷了墙壁和椅子扶手，然后是货物架子、文具柜、小物品收纳盒、烟斗配件柜、售货柜的腿柱子，以及把门和陈列橱窗的框架也一并刷了。最后剩下的一点儿油漆，他用来填补抽屉拉手上掉漆的几处地方，这纯粹是出于好玩。

　　他还给大门的球形把手点上了细小的白色波纹，不知怎的，他觉得这样看起来漂亮、热情又颇有些艺术气息。

　　在一摞给淑女们看的浪漫小说后面，他发现了奥托·森耶克落了灰的细框眼镜。他用衬衫袖口粘了点儿口水，把眼镜擦干净，然后再用报纸将它包裹起来，并小心翼翼地收到柜台里。

　　他给钢笔灌上墨水，将笔尖浸泡在水里清洗，削尖了铅笔，抚平了账本的折角。

　　他踮起脚尖，将大门口的铃铛清理擦拭了，一直擦到它像圣诞树上的装饰品一样闪闪发亮。

　　他用红色粗体字在一块硬纸板上写道：尊敬的客户，森耶克报亭正在营业中，欢迎光临，我们将竭诚为您服务！

　　他将告示贴在玻璃门内侧与自己眼睛齐高的位置。

收拾停当之后，他把梯子、刷子和围裙给维特哈默太太送了回去，顺便还带去了一把从还愿教堂匆匆采摘的亮黄色鲜花。

回来之后，他洗去手上的油漆以及头发上的灰尘，让自己疲惫的、散发着肥皂香味的身体埋入森耶克的扶手椅中，任由其慢慢下沉。过了好一会儿，他依然只是坐在那儿，听着屁股摩擦皮革而发出的声音。随后，他从抽屉里拿出一张漂亮的大方格纸，开始写道：

亲爱的妈妈：

这是我正式写给您的第一封信。事实上，这不仅仅是给您写的第一封，也是我人生中的第一封。

我想给您写的东西太多，一张明信片根本不够写。

而此刻，我又完全忘了我本想说些什么了。

这种现象现在经常发生。

最近一段时间，我的脑子有些不太好使。我感觉它像被置于一双大手之间有规律地摇晃着。

所以，就让我们按顺序慢慢从头说起。

维也纳这里非常漂亮。在漫长的寒冬之后，春天蹑手蹑脚地从各个角落和缝隙跑出来，到处都盛开着鲜花。

公园看起来就像明信片一样漂亮，铃兰从铺着马粪球的地里破土而出。人们都疯了，像无头鸡一样没头没脑地跑来跑去，似乎全都失去了理智。如果你要追问原因，这一切当然不仅仅是因为春天的缘故，更是因为政治的缘故。

这是一个奇怪的时代，又或者每个时代都是如此荒诞，只是我没有发现而已。

不久前，我还只是个孩子，现在也算不上一个男子汉，但我的人生却已经充满了不幸。

由此进入到下一个话题：我跟女孩子只有过一次（我跟您说过的），但最后也是无疾而终了。

别问我原因，事情就是这样。也许爱情对我而言什么也不是，也许我对爱情而言一文不值。

真相，我不知道。

您知道吗？

您是否知道，我是不是适合谈恋爱？

您知道什么是爱情吗？

您究竟知不知道关于爱情的任何事情？

老实说，向自己的妈妈追问这些事是相当奇怪的，有一种莫名的尴尬。但我觉得，我们之间的距离有可能因此变得不那么尴尬。

无论如何，我很好奇您将如何回答。

顺便说一下：您一定要给我写信。明信片是很漂亮，但也只是图片，况且图片会撒谎。一如报亭里杂志扉页上那些过度粉饰的面孔。他们看着我，让我觉得他们真的是在看我，事实上他们只是看着相机镜头，他们也许正在想象着一盘多汁美味的炖牛肉而已。靠此，他们竟能挣很多钱。

唉！您看，我的脑袋确实晕得厉害吧，我没有夸大吧。

如果这封信是有主线的，那这条线到这儿就肯定是断了，至少是乱了。

所以，让我们快点儿进入下个主题吧。

教授和我现在成了朋友（这点你可以相信我）。虽然我们俩一直要忙各自的工作，我们还是会花尽可能多的时间待在一起。

我们一起坐在长椅上，一起去公园，一起讨论各种话题。

他吸烟，我不吸。

我问他各式各样的问题，他也问问我这儿，问问我那儿。

我们常常都不知道该怎么回答对方的问题，但这无所谓。在朋友面前，你一无所知也没关系。

年龄差距对我们不是问题。别人若用异样的眼光看我们，嚼舌头，那就随他们去吧，我们无所谓。

教授是真的老了。有时候，我看着他，几乎可以相信他是从某个很遥远的年代一直活到现在的。

他像小屋后面的那颗古老的、向着河岸弯曲的李子树。

他是犹太人，这点也丝毫没有困扰到我。如果不是奥托·森耶克告诉我，我也许压根就不会注意到他是个犹太人。

我不知道，为什么所有人都要打压犹太人。对我来说，他们其实相当的诚实和高尚。

事实上，我终究还是有些担心。我主要是替教授担心，正如我前面所言：这是一个奇怪的时代。

现在，我们来说说另一件事吧，一件不那么愉快的事。奥托·森耶克病了。不算很糟糕，但总还是病着。也许是肝，也许是肾，也许是其他的内脏问题。如果您问我原因，我觉得应该是不健康的饮食导致的。维也纳这边的饮食比我们那边还要油腻。再说了，如果一个人只有一条腿，做不了什么剧烈的运动，生病也是难免的。不管怎样，他要先在家待上几天，先等等看吧。如果您觉得合适的话，我会以您的名义祝他早日康复的。

亲爱的妈妈，我常常觉得悲伤，并且经常知道自己为什么悲伤。但是，我也常常没有理由地觉得悲伤，这通常很糟。

有时候，我希望自己能回到家乡的湖边。我当然知道，这早已变得没那么容易了。

我已经看过太多风景，闻过太多气味，吃过太多美食。

我不知道我将要去哪里，但会继续前行。

因此，我现在得停止发牢骚。

因为奥托·森耶克的暂时离开，我现在必须负责管理报亭的经营，我必须向前看。

如果你愿意，亲爱的妈妈，为我骄傲吧。

你的弗兰茨

报亭业务虽没有完全停止，但挺糟糕的。犹太人客户几乎统统不见了。也许，正像弗兰茨想的那样，他们因为最近一段时间发生在这里的事，改去别的报亭了，或者他们只是静静地窝在家里，暂时不读报，也不吸烟了。

只有勒文施泰因老先生还像往常一样，来买一盒或两盒凯旋门。糟糕的听力，更糟的视力，以及因年老而慢慢在身体中弥漫开的衰弱，都让他无法接受这座城市中正在发生的事。总的来说，这些事让他这个摩西的子民颇为反感，正如有一次他就是这样说的，然后"咯咯"笑着走出门去。

非犹太人顾客也少了。大概是因为他们在观望事态的发展，以及总体情势，特别是这家报亭据说曾向犹太人出售《柔情杂志》，现在又由一个乡下小子管理着。大家都知道，等待是让自己避开各种时代伤害的最好并且是唯一的方法。

那些少数还继续来的人，样子改变了。好多人只穿棕色的衬衣，还有一些人佩戴起"卐"字领带，或者至少在衣领上别一枚小的"卐"字纽扣，大部分人看起来比以前更经常去理发店了。除此之外，他们眼中闪烁着少见的光芒。那是一种不知何故或坚定或满怀希望或生气勃勃的，但本质上说更像是愚昧的光芒。弗兰茨不能非常准确地区分，总之，他们满眼放光，用更大更爽朗的声音说话。

买卖时，轻缓的闲聊语气在朦胧的报亭里一直是刚刚好的，如今却变成了各种有力的、铿锵洪亮的表达。乍听起来，像是这些顾客现在终于真的知道他们想要什么了，并且要的是他们一直在寻找的东西。越来越多的人打招呼时说"希特勒万岁！"同时把他们的胳膊向上举起。

弗兰茨觉得这样的变化有些夸张，于是只回应一句干巴巴的"谢谢，您也是！"

弗兰茨几乎完全不再读报纸了，反正报纸上只有那些一样内容，一直来回重复的内容。读了《维也纳森林邮递》，就知道《农民周刊》里有什么，看一遍《帝国邮报》，马上就省下了买《人民报》的钱，还有其他的，等等。这好像是所有的编辑每天都聚在一起参加一个唯一的大型协商会，并达成的某种共识。

为了维护虚伪的客观事实，至少也该把各自的大标题定妥，并零星地在各处穿插一些不同的句子，否则，到处可见措辞完全相同的文章，而且大部分都是关于阿道夫·希特勒的。

上奥地利州在最短的时间里给它的百姓洗了脑，所有人都在为这个锋芒毕露的留着卷毛小胡子的男人痴狂和愚蠢。

弗兰茨仍心想："很明显，海恩茨才是更好的希特勒，他至少第一眼看上去是个更引人注目的'总理'，更锋芒毕露而且有魅力得多。"

弗兰茨经常想起裤子里藏刀的德卡巴耶，但想得更多的还是阿娜兹卡。有时候，他在纸上写她的名字，用大写字母写，用的是奥托·森耶克最贵的墨水。手边没有纸的时候，他就用小写字母在旧报纸的边缘写。

有一次，在报亭关门后的安静时刻，他试着在自己的左手手心写她的名字，一遍，又一遍，再一遍……一直这么写。他在每一个指节上写，在指尖上写，在手指边缘上写，在关节上写，在关节的褶皱处小心地涂写，在指甲边上涂写……手上没了空地之后，他把袖子卷起来，在胳膊上继续写……阿娜兹卡在手腕上，阿娜兹卡在前臂的血管和汗毛间，阿娜兹卡在胳膊肘上，在后臂上，在肩膀四周……

在四月的一个阳光明媚的周一早晨，负责阿尔瑟格伦德／罗绍区已34年，严重过胖，因此呼吸相当短促的信差赫里伯特·弗林德勒走进了报亭。

像往常一样，等着小铃铛响完，他小声地咕哝了一句无精打采的"希特勒万岁！"然后，他扔了几本小册子到柜台上，即每月印一次的民政处宣传册，以及奥塔克灵第一座体育馆隆重开张的邀请函，还有一封装在蛋壳色信封里的信。

作为道别，他用两根手指在他汗淋淋的太阳穴上敲了两下，喘着粗气出去了。

弗兰茨关上报亭的门，溜进他的小房间，坐在床边看着信封，右上角贴着自豪的奥地利将领拉德茨基的纪念邮票，邮票左边有母亲温柔地写上去的亲笔签名。

他用迫不及待而颤抖的手指打开信封，并读了起来：

我亲爱的弗兰茨：

真的非常感谢你的来信。

你写得那么好，让我特别开心。

我们这儿很暖和。沙夫山看起来很美好，湖水是银色的，或是蓝色的和绿色的，主要看它的心情。

湖对面的岸边，被插上了大大的纳粹旗子。它们倒映在水里显得很整齐。这里的一切都突然变得特别整齐了，一张张认真的脸，跑来跑去。

你可想而知，现在连餐厅和学校都挂着希特勒的像。

他的像一直挂在耶稣旁边。但是鬼才知道，他们俩会怎么相处。

布莱宁格那辆好看的汽车被充公了。如今要是有什么东西不见了，又在别的地方出现了，就被叫作充公。不过，那辆车也没跑多远，是市长先生现在在附近开着呢。

自从市长先生变成一名纳粹，他的工作都容易多了。

不知怎么的，似乎一下子所有人都想变成纳粹，甚至连林务员也戴着个发亮的红色袖章在森林里跑来跑去的。

顺便说一下，你还记得我们出游时乘坐的汽船汉内斯吗？他们把它重新涂了一遍，而且重取了个名字，叫"归家"。它现在闪亮得像被吮吸过的糖果。不幸的是，它带着新名字第一次出航时，柴油发动机就爆炸了，人们不得不用老的划艇去把船上的人接回岸上。

唉！弗兰茨，我的乖儿子，这日子要怎么过下去啊？

布莱宁格去世了，你去了那么远的地方。有时候，我躺在床上，抱着枕头大哭，因为再没有人在身边，可以让我去照顾，也没有人来照顾我。

但是，还是有好事情发生的。你知道吗，我找到了一份工作！金色莱奥波德最近新增了几个客房，我一周去那儿打扫三次卫生。工资很微薄，但偶尔能拿到小费。

有一次，店老板盯上了我，然后把我扔到了客房的床上。我当时对他说，我和来自林茨的党卫军一级突击大队长格哈莱特勒是朋友，他对于你对我做这样的事是肯定不高兴的。店老板被吓得不轻，结结巴巴地说了些自己很愚蠢、完全是误会之类的话。

从那之后，他就再也不打扰我了。他可不知道，那个党卫军一级突击大队长格哈莱特勒是我瞎编的！

很遗憾，奥托·森耶克竟然生病了。但愿他能很快好起来。请你把我对他诚挚的康复祝愿转告给他！在他脾气暴躁的卖报翁的外表下，隐藏着一个柔软的灵魂，至少我是这样认为。

对他来说，一切都不轻松吧，特别是把一条腿还丢在了战壕里。他是不是还是老问自己："我这是为了谁呢？"

他的灵魂因此而有一些动摇也不足为奇，对吧？

说实话，我不是很清楚，应该怎么看待你和那位教授先生的友谊。对此，我是真的说不好。以前，我还能禁止你和其他小男孩相处，那样的日子已经一去不复返了。你现在已经足够大了，也知道自己在做什么了。但是，请你思考一下：犹太人一直很正派，这有什么用呢，他们早就不再被公平合理地对待了，这意味着什么呢？

我亲爱的弗兰茨，关于那个女孩，如果你们之间一直都没有什么进展，我会为你感到很遗憾，尤其是波西米亚女人真的是出了名的会做饭。

但是，谁又知道到底怎样才是好的结果呢？有时候，你必须让一个人离开，另外一个人才能走近你。

你问我是否对爱情了解一二。真相是我对此一无所知，尽管我曾经接触过它。没有人可以说得清什么是爱情，然而大部分人却已经体验过。爱情来去匆匆，之前你和波西米亚姑娘并不熟悉对方，之后也不再熟悉，可至少当爱情在的时候，你们是熟悉彼此的。因此，请你听我一句：没有人适合爱情，尽管如此，或者正因为如此，我们当中几乎每一个人都会遇见它！

你说自己有时会伤心，我的心都碎了。

我应该怎么跟你说呢？

伤心有很多种，就像生命有各种不同的时刻，也许还要更多一些。

你是否知道你的或每一种伤心是怎么来的？

这并不重要。

伤心，是我们生命的一部分。如果你要我说，恐怕连动物都会伤心，说不定树木也会。或许，只有石头才不会伤心，它们静静地躺在那里，什么都不用做。但是，谁愿意活得像块石头呢？

我亲爱的弗兰茨，你吃得够多吗？

你一直都太瘦了！你又瘦又白又光滑，就像春天的一条小红点鲑，每次往湖里一跳，就什么都看不见了。

有时候，我会走到装有你的东西的盒子边，从中拿出一件你的旧衣物，把它贴到脸上，闻它。

我发现，人越老就变得越奇怪。

我已经有白头发了，但是至少屁股还挺性感的。那次店老板对我动手动脚，太倒我胃口了。可就在几天之后，又有一位新的导游对我抛了媚眼。他是个活泼的家伙，留着小胡子，有一双大手。我并不急着对他做出反应，我想先看看他接下来会怎么做。

我现在要停笔去餐馆了。有几个从慕尼黑来的穿制服的人在店里留宿，他们除了大声喧哗，就是扔出很多脏衣服，这都需要我来应付。

我特别想给你寄一盘土豆卷饼，但我不是很清楚现在的邮政是否还畅通。

我最亲爱的儿子，你一直都在我心里！

你的母亲

弗兰茨用指尖摸着漂亮的波纹信纸，有一种特殊的感觉，像是有一个暖暖的气泡在他身体里升起，"咕噜咕噜"地顺着他的脊椎经过脖子一直升到后脑勺，并在四周柔软舒适地晃动了一会儿。

她写的是"你的母亲"，而不是"你的妈妈"，像在明信片上，或者是她留在餐桌的潦草字迹一样。

孩子们有妈妈，男人们有母亲。

他把信折到一起，然后把鼻子贴了上去。他闻到发霉的木船舱板和干枯的夏日芦苇的味道，闻到烧焦的小树皮、融化的黄油和母亲沾满面粉的围裙的味道。

这一夜，弗兰茨梦见了已经过世的父亲，一位来自巴特戈伊瑟恩的森林工。

他从没见过父亲。在他出生前几天，父亲被一颗腐烂的夏栎树砸死了。据说，他生前说的话几乎不比死后多。

在梦里，他们走在沉寂旷野间的一条小路上。弗兰茨还很小，头发上有灰尘。他们的头顶上烈日炎炎，父亲和他的影子融合在一起。他们来到一座大办公楼前，一起走进亮堂堂的大理石门厅。

大厅中间坐着一位胖男人，正飞快地给他书桌上的文件盖章。不一会儿，有很多人在他面前排起了长队。每个人都需要他盖一个章，那个胖子似乎并不愿意搭理这些人。他只是一直不停地在他的资料上盖章。

一个金色的号角发出了"当啷"一声，长时间地鸣响着，这声音的节奏就像加农炮一样在屋子里回荡。

父亲拉着弗兰茨的手，试图往队伍里挤。

父亲很恐惧，他的手很干燥，粗糙得像一块木头。

"很抱歉！"他一直重复着说，与其说他这是在对人群说，不如说是在对自己说，"很抱歉！很抱歉！很抱歉！"

"对啦！"那位胖邮政员得意扬扬地说。他在弗兰茨父亲的额头上盖了一个章，上面写着"未来"。在字母之间，有细细的血迹，额头出现了裂缝。

弗兰茨汗如雨下地醒了过来，心里极少见地闪烁着光芒。他从睡梦中迷迷糊糊地爬了起来，把梦记在了一张纸上：

烈日炎炎，我和父亲一起散步。我们走进一座大办公楼，那儿有个胖男人在盖章。父亲带着我往里挤，嘴里一直在说"抱歉"。金色的号角发出刺耳的声音。最后，胖子在父亲的头上盖了一个词"未来"，同时在父亲脑门上出现了裂缝。

他把这个纸条放在自己面前的柜台上。一整个上午，他一直呆呆盯着它看。

"那个胖男人竟有些可怜，"他心想，"他外表看起来相当庄严，可他自负的庞大身躯里有点儿孤独，而且还被囚禁在一个他完全不认识的报亭学徒的梦里。"

"我应该钻到人们的脑袋里去看一看，"他想，"但是仅仅在睡觉的时候。"

白天，弗兰茨什么都不想知道，也不想知道人们到底在想些什么，因为平凡的脑子里装了什么本来就没什么可以值得期待的。

在夜里，在安静中，在昏暗的时间里，他觉得所有东西看起来都不一样。夜晚，所有人都会变得小心翼翼的，害怕迷路，所有的恐惧、贪欲和胡思乱想都会放肆地在脑子里神出鬼没。

弗兰茨很想立马找一个人说说自己的梦，这个人最好是阿娜兹卡，也可以是教授，或者奥托·森耶克，实在不行的话，哪怕跟某个顾客说一说也是可以的。

可在正午之前，只有两个人进过报亭。一个是维特哈默夫人，她来买新出的《一周邮报》（插图版），并且借这个机会来此报怨一下她前不久刚去世的丈夫：他在墓地里都没能学会一点儿聪明才智，他墓前的花还没真正开放，就已经开始凋谢了。

还有一个小女孩来买一根中性铅笔。她用自己的小手指数了一先令，并交到了弗兰茨的手上。

关于梦境，他不期待从她们俩身上得到什么解读或者有用的提示。

"也许，解读梦境可能包含的意义或者无意义，完全不重要。这就像在电影院，把脑子里的想法投放到空白的银幕上，投影成一个外在的世界，以此来唤醒偶然路过或者特意靠过来的观众的某些心绪，需要一点点幸运才会有所共鸣。"

他深深呼了一口气，又坐回到椅子上。

在这种陌生的模糊的思维过程中摸索，让他精疲力竭。

他的视线穿过橱窗，落在对面的一排房子上。其中有一扇窗户几乎完全被绿色植物覆盖了，在那个昏暗的房间里面，有个穿白色汗衫的男人在走来走去。弗兰茨不禁又开始去想森林，去想树木抚慰人心的"沙沙"声，去想鸟儿们叽叽喳喳，尽管这些嘈杂声无处不在，却从不会打扰森林的静谧。

他深深地叹了一次气。

在橱窗玻璃上一人高的地方，粘着一块绿色的鸟粪。城里的鸟儿不是叽叽喳喳的，而是喊叫的。不仅如此，城里的鸟粪一会儿掉在帽子上，一会儿掉在橱窗上，而鸟儿却会待在某个壁龛里直到死去，最后只剩下落满灰尘的骨架、几根羽毛和一点儿臭味，别的什么都不会再留下。

他又叹了一次气，比第一次还要深。

几乎就在叹气的同时，他突然有了一个新的想法。

他从抽屉里拿出一点儿胶带，在他记下梦境的纸条的右上角写了日期，直接将其贴到了橱窗上，而且和外面的鸟粪只隔一层玻璃的位置。

他往后退了一步，注视着这张记录梦境的纸条。然后，闭上眼睛，深深地吸了一口充满春天味道的维也纳空气。

"未来"这个单词在他眼底既愉快又明亮地跳动着，就像某种会发光的字体一样。

一辆维也纳联合冰工厂的货车拖着冰块"咯咯"地从他身后的马路上驶过后，他走回了报亭。

首先注意到森耶克报亭的橱窗上贴着奇特纸条的人，是三个已经退休的老太太。

她们将布满皱纹、如同由树根雕刻出来的脸尽可能地往纸条上凑。弗兰茨一动不动地坐在柜台后的阴影里，观察着她们是怎样眨眼睛的，直到它们完全消失在皱纹堆里。

她们用干枯的嘴唇辨读纸上的字，像是进行一场无声的合唱。

她们三个，没有显示出一点点读懂的样子。她们张着掉光了牙的嘴巴，在那儿站了一会儿之后，便很急促地离开了。

紧接着，两个穿着亮色大衣的女孩站在了橱窗前。

在读完纸条上的内容之后，她们把手弯成屋顶的形状放在眼睛上面，脑袋贴着橱窗玻璃往店里看。她们看到了弗兰茨，"咯咯"地笑着跑了。

当他在看她们留在玻璃上慢慢消失的水蒸气，另一个行人走了过来。这是一位油光满面的不自觉会歪起嘴角的工人。

他皱着额头，粗略地读了一遍纸条，想了一会儿，然后走进了报亭，很突兀地站到了柜台前。

"外面那张纸条上胡乱写的东西，到底是什么？"

"什么都不是，"弗兰茨说，"至少不是什么特别的东西。"

"那我就不懂了，"工人说，"一段完全没有意义的胡编乱写是不会轻易就被人贴到橱窗玻璃上的，除非那个人很无趣，或者无聊，或者同时既无趣又无聊。"

"有可能是这样。"弗兰茨说，"但是，对一个人有意义的东西，或许对另外万千人可能都没什么意义，甚至觉得莫名其妙。"

工人盯着自己的鞋尖看，沉思着，不自觉地将歪嘴角换成了另一边。

"在你这位年轻卖报员眼里，我是个笨蛋，对吧？"

很显然，这位工人认为弗兰茨在嘲笑他，嘲笑他不知道什么是有意义的，什么是无用的。

"我说的'万千人'并不是针对你。"弗兰茨如实地回答，"如今的笨蛋正坐在其他的地方。"

"哪儿？"

"到处，"弗兰茨说，"除了这个报亭。"

"好吧，你说的也许有道理。尽管如此，我现在还是特别想知道，那张天杀的纸条上写的到底是什么？"

"是一个梦，"弗兰茨说，"仅仅是一个梦。"

工人从身上抠下一块污渍，慢慢丢到了地板上。

"如果真是这样，"工人惊讶地说，"那确实就是毫无用处了，至少对我个人来说是这样。"

"你刚才就是这样说的。不过，可能会有一个完全陌生的看客，在某个时刻，从贴了梦境纸条的橱窗前偶然路过，不经意地被我的梦境影响或者打动，谁知道呢！"

"是啊，"工人疲惫地叹了口气说，"确实说不准。现在，我想买一盒远东香烟、两盒火柴和一份《体育报》带走，可以吗？"

"当然可以了，"弗兰茨说，"我这个卖报员终于有该做的事情了。"

从那以后，弗兰茨每天都会在橱窗上贴一张新纸条。每天早上，在打开店门之前，他都穿着睡衣，顶着一头乱糟糟的发型走到街上，在冰凉的橱窗玻璃上贴上一个新鲜出炉的梦。

他一直这样做，难免会引人注目。

人们的好奇和健忘，还是要强于这个前不久卖给犹太人和共产党员《柔情杂志》的报亭带来的恐惧。

这个报亭，现在因为橱窗上的"小故事"，慢慢变得引人注目起来。经过这里的人，不管是谁发现了橱窗上的纸条，都会停下脚步，去解读它。

大部分人都只是注视一会儿，也不说什么，然后转身离开；有些人看了之后，会默默地感到气愤，瞬间摆出一张臭脸；还有些人，看了会摇摇头，冲着报亭骂几句脏话……

弗兰茨时不时观察各种人的反应，他很想知道人们是带着怎样的思考去解读这些纸条的。

路过这里的人，他们读到的是些什么内容呢？

1938 年 4 月 9 日

有人唱起一首歌，关于爱情的，旋律在我面前晃动。有人在大笑，然后直接从还愿教堂里跳了出来。土地很松软，花七彩斑斓地开着。没有人看见我这个死人，一只鹤把一个十字架拖到了天空中。

……

1938 年 4 月 12 日

我和母亲站在湖边，一艘汽轮向我们驶来。我很害怕，妈妈抓住了我的手说："没事的，你是我的孩子！"汽轮一直往前开，湖在摇晃。母亲不见了，汽轮猛地撞进了我的心里。

……

1938 年 4 月 15 日

游乐场里来了一个女孩，她上了摩天轮。这儿到处闪着纳粹
"卐"字。女孩一直往上爬。突然，摩天轮根部断了，摩天轮滚
到城里，把一切都压扁了。女孩欢呼着，她的衣服又轻又白就像
一片云。

……

其中，还有一个纸条的内容是关于云朵和衣裳的。对医生－博
士－海因茨尔女士来说，这个纸条格外有吸引力。

她皱着眉头，久久地站在橱窗前，一遍接着一遍地看纸条上的
这段话。不知怎么的，她突然觉得自己好像记起了什么，但又说不
上来是什么。即便这样，她也没觉得有什么不舒服。

当她微微低着头向施瓦茨施宾勒街走去时，看着路面，笑了一
下，那是短暂的、爽朗的一笑，仿佛一颗坠落的珠宝。

在奥托·森耶克被抓走一周之后，弗兰茨才第一次试着开始联
系他。

他先是去了奥托·森耶克可能被拘留的地方打听消息。

阿尔瑟格伦德警察局里的警察很友好，但他们没有时间和弗兰茨多说什么，他们要操心别的事情。

在市中心警察局里，值班的工作人员一点儿也不友好，却愿意承认他们曾负责过这个案子。可是，就在不久之前，这个案子已经移交给了一个刚刚组建的单位——国家秘密警察司令部。

弗兰茨向摩参广场走去，国家秘密警察（盖世太保）司令部就驻扎在这儿的大都市酒店，这家豪华酒店在入口处有几根大理石柱子，门前有三面高大的纳粹旗帜，在湿润的春风里格格作响。

透过窗户看去，楼层里熙熙攘攘的人群正在忙碌，穿着制服的男人或者穿灰色套装的女人胳膊里夹着文件急匆匆地来回走动，或者停下来相互交流几句，点头，微笑，然后敬礼。

时不时的，会有人摘下帽子放在窗台上，对着窗外的春天吸烟，目光漫游在卡伦山的方向。

只有最下面一层的窗户又黑又暗，隐蔽在栅栏和重重的金属百叶窗的后面。

弗兰茨靠近门厅时，马上就有一个穿蓝色制服的门卫迎面走来。

"年轻人，我能为您提供什么帮助吗？"

"希望如此！"弗兰茨说，"我叫弗兰茨·胡赫尔，我要找一位无罪却被带走、拘捕或是劫走的卖报翁，他的名字叫奥托·森耶克！"

"在这座房子里，没有人是无罪的，"门卫艰难地微笑着说，"至少在没穿制服的人里是没有无罪的。年轻人，你写书面申请了吗？"

弗兰茨摇了摇头。

"事实上，我完全没想过要提交什么申请，我只想进去把卖报翁奥托·森耶克接出来，接回到属于他的地方——他的报亭！"

"没有申请书，就没有答复。"

弗兰茨抬头看了看屋顶，上面挂着一串由无数个小玻璃块组装成的巨大的树枝形吊灯。恍惚间，他觉得吊灯动了起来，在绕着它自己的轴缓慢地旋转。

他将自己的视线收了回来。

"那我还会再来！"

"什么意思？"

"我会再来的。明天，后天，大后天，一直往后，在每天同样的时间，也就是中午，我都会再过来的。一直到有人告诉我奥托·森耶克在哪儿，以及他过得怎么样，还要告诉我什么时候能把他带回家，我才会罢休。"

弗兰茨真的这样做了。

每天中午12点整，他关上报亭，绕一点点路，经过伯格街（他暗自希望能在二楼的某个窗帘上看到佝偻的教授的身影），再经过一条条街道，到达原来的大都市酒店，穿过高大的门厅，走到门卫面前说："您好，我想知道卖报翁奥托·森耶克被拘留在哪儿！"

最开始，那个门卫还努力带着作为公职人员的耐心去回答他，并给他介绍各种书面申请，以及官方预制的表格和规定等行政手续。

这个冒失的小伙计配合着门卫，一直是温顺地点着头，却又毫不动摇自己的想法，像头倔驴一样站在那儿。而大概一刻钟之后，他便会礼貌性地和门卫道别，他的礼貌似乎只是为了给门卫留下个好印象。第二天十二点一刻，他又会准时站在那儿，继续打听奥托·森耶克的消息，而且只问那么一句而已。

终于，在被弗兰茨无数次叨扰之后，这位辛苦的门卫靠多年工作训练出来的冷静与沉着慢慢变得破碎起来，直至彻底崩溃。

在一个天空不明朗的周一中午，当弗兰茨再次站到他面前说："您好，我很想知道卖报翁奥托·森耶克被拘留在哪儿！"门卫以几乎让人察觉不到的幅度耸了耸肩作为回答。然后，门卫拿起挂在他身后墙上的黑色电话听筒，拨了一个两位数的号码，对着电话里嘀咕了几句。大概沉默了十秒之后，电话旁边一个裱糊的门突然被打开，一位穿着米色亚麻西装的男人走了出来。

弗兰茨觉得，那个男人像是在微笑。当他走近时，弗兰茨又发现，那"微笑"只是他淡黄色八字胡造成的假象。

"胡子在微笑。"弗兰茨正想着，那个男人已经来到了他身边。

他拽住弗兰茨的头发，将他的头扯了过去，以迅雷不及掩耳之势抓起弗兰茨的一只胳膊，将其别到背后，然后将他从门厅拖到了外面。

弗兰茨感觉脚下的路面和那个男人的手，像木头夹子一样紧紧夹着他的身体。他看见了头顶有些云朵的天空和三面纳粹旗帜。

那个男人猛地一扔，弗兰茨的胳膊突然被放开了，紧接着的是脸"啪"的一声贴到了地面上。

这一下，像是掉进了一个黑洞里。弗兰茨听到了一阵嘈杂声，像是由炭火里的一根小树枝发出来的。

过了几秒钟，他重新回到光亮中。

眼前，是金发男人的鞋子。这是一双被擦得闪闪发亮的低帮鞋，是由柔软昂贵的皮革缝制而成的，是由没有裂缝，没有污渍，没有尘粒，光滑的完美无瑕的皮革制成的。

弗兰茨抬起头，看着那个男人的脸。从底下看，在正午天空的逆光中，他的胡子就像颤动的枯树皮。

在他这张脸旁边，是戴着蓝色帽子的门卫的脑袋。

"年轻人，你以后最好还是不要再来这里了。否则的话，可能就会……"他停顿了一下，清了清嗓子，"否则的话，你可能就要留在这里当'客人'了，那我们将非常欢迎你。年轻人，你听懂我在说什么了吗？"

弗兰茨点了点头。

门卫从自己胸前的口袋里拿出一条雪白的手帕。他小心翼翼地打开它，对着阳光，举起来，就像举起一个遮阳篷，并用无名指指尖轻轻触摸着漂亮的绣花边和被细致地熨平的褶皱。他弯下腰，把手帕按进弗兰茨的手指间："擦掉脸上的血，小子。回家去吧，别再来了。"

当那两个人重新消失在大楼里，弗兰茨才用手帕擦了擦嘴巴。

手帕很快吸满了鲜血。

舌头肿了，滚烫而生疏地躺在嘴里。

一颗门牙松动了。弗兰茨谨慎地用指尖掐住它，并往外拔。猛地一用力，牙断了。这是一颗好看的光滑的牙。现在只剩下锋利的牙根，在流着血。

"我要把这颗牙放在床头柜的抽屉里，"弗兰茨想，"就放在母亲写的信和明信片旁边。"

三个星期之后，1938年5月17日。

夏天快来了。

一股暖和的微风吹拂过街道，吹过多瑙河，把夜里的寒冷赶到了更远的施韦夏特地区。

城里，到处都是敞开的窗户。人们抖落着被子和枕头，羽绒像白色花瓣一样在空气中飘荡。

早晨，面包房前，管道工人和家庭妇女们正排着队，四周弥漫着新鲜面包和咖啡的味道。

第一班电车拖着它的车厢嘎吱地响，马路上随处可见哈福林格马冒着热气的马粪蛋子。

纳许广场上，货摊主们早已摆放好了他们的货物。在波达盖克老先生的货摊旁，几个退休大妈正在抢最大的菜花和最粉白的土豆。

普拉特大道上，电车工人体育协会的举重运动员们正在进行和日耳曼人比赛前的最后一次室外训练。他们无精打采地伸展着四肢，打着哈欠看向对面的栗子树。

摩天轮的吊舱在清晨的阳光里闪闪发亮。

在国家秘密警察司令部办公楼的地下室里，也就是原来的大都市酒店的洗衣房里，15个犹太商人一个个脱光了衣服，双手举过头顶，等着被传唤过去单独审问。他们的衣服被堆到一起，皱巴巴的一堆，看上去和美国无声电影里喜剧演员的帽子一样。

在维也纳西站的二号线上，452名政治犯挤在一个专列的后面车厢里，等待出发前往达豪。

对面的站台上，一个老太太和一个小男孩挨着坐在一个长椅上，共同在吃一块大黄油面包。在他们头顶上，火车站的屋顶下，从昏暗的角落里落下来几只燕子，"吱吱"地飞到了外面，消失在胡特尔多夫的方向。当启程的口哨尖锐地响起，火车移动了起来，男孩从凳子上跳下来，一边笑，一边挥着手，沿着站台奔跑起来。

就在这一刻，发生了一件不寻常的事：窗户里所有囚犯都在向他挥手。男孩跑到列车站台的尽头，停了下来，用手捂住了眼睛。

当火车在清晨的逆光中逐渐消失，它看起来就像一个巨大的、徐徐行进的蠕虫，有无数节挥舞着的肢体。

邮递员赫里伯特·弗林德勒背着石头般沉重的邮包气喘吁吁地来到了伯格街上。他满头大汗，肚子有点儿疼，嘴里尽是他妻子在早餐时煮的咖啡味：平淡、乏味，还有点儿苦涩，正如邮递员的生活。咖啡在他的胃里晃动着，似乎比之前工作的3年里喝得更平淡、乏味和苦涩。

自从纳粹在邮政局里筑巢以后，天刚蒙蒙亮，维也纳人就开始收到信了。这意味着，赫里伯特·弗林德勒得像其他同事一样，要比过去提前一个小时爬下床。

在送信的间隙，他可以坐在湖边，或者水塘边，或者某个没有被严重污染的维也纳森林里的小池沼边，把他肿胀的双脚泡在水里，什么都不去想。实在不行，他还可以躺在多瑙河岸边喝几杯啤酒，体会时间一点一滴地流淌。

在伯格街19号前面，和之前几个星期一样，晃荡着两个便衣警察，歪三痞四的姿态，脸像烟草一样黄，眼窝深陷。

"希特勒万岁！"

邮递员一边嘀咕着，一边满手是汗地拨弄钥匙圈，这是想打开门走到报箱那里。

这次，他们又拦住了他。他们总是拦住他。他们总想知道那个邮包里装了什么。

他们总是要看寄给弗洛伊德教授的信件。

他们拿起信封，对着光，努力破译寄信的人，并试着用烟黄色的手指触摸里面的内容。

他们总是会从中留下一封，或是好几封。

今天有两封：一个是大信封，用满水钢笔写得有点儿潮解的字迹，寄给"最尊敬的医生弗洛伊德教授"；另一个是边缘有些破损的天蓝色小信封。

"大概是从英国寄来的，"赫里伯特·弗林德勒想，"或者是从某个有着一个看起来严厉但却慈善的国王的国家寄来的。"

他打开报箱，快速地把信投了进去，默默地点点头离开了。

很长时间以来，可疑的信件都在便衣警察宽松的大衣口袋里消失了。

"也许，他们这样做是对的，"赫里伯特·弗林德勒继续想着，"毕竟，弗洛伊德既是个教授，又是个犹太人，这两个身份难免让他们有些琢磨不透。"

在投完伯格街19号的信件之后，邮包减轻了一大半的重量，这让剩下的路程变得轻松简单了许多。

当赫里伯特·弗林德勒拐进威尔宁街，当他看到年轻的弗兰茨的清瘦身影在清冽的晨曦中走了出来，他瞬间感受到了天气的凉爽，脚步轻快的感觉，因为这宣告了他的下班时间已经快到了。

弗兰茨现在整晚因为混乱的梦境而辗转反侧，话语、声音和图像肆虐地交织在一起。

醒来，是一种解脱。

尽管在睁开眼的一瞬间，记忆会像黎明的迷雾一样散开，他仍尽量用几句话把梦里的一片混乱记在纸上。他顾不上还有些睡眼惺忪，很快走到报亭外面，把纸条贴在橱窗玻璃上。

在他最后一次去盖世太保之后的几天，他的舌头和下颚消了肿，嘴里时不时还会闪过丝丝的疼痛。

他开始习惯嘴里有个牙洞，甚至有点儿偷偷喜欢上了牙齿间多了些缝隙。当他用舌尖在缝隙间四下转动时，可以感受光滑的牙齿壁和慢慢愈合的牙龈上柔软温暖的牙床。更重要的是，他由此想到了阿娜兹卡，想到了她的牙齿，她的牙缝，还有她那玫瑰色的舌头。

"希特勒万岁！我可以吗？"

邮递员踩着软和的鞋底，从后面走了过来，带着点儿很感兴趣的样子把腰弯到前面，整个人凑到橱窗前开始读纸条上的内容。

1938 年 5 月 17 日

一辆电车"丁零当啷"地穿过森林。兔子的眼睛是深色的水滴。树上悬挂着吊舱。白色的恐惧坐在云朵之上。似乎有什么东西在啃噬我的牙根，或许我的性欲需要再次释放。

"啊？"

邮递员轻轻叫了一声，并试图让自己从轻微的僵直状态中恢复回来。

"有意思，特别是讲到兔子的地方！"

"是啊。"弗兰茨说，"您有我的信件吗？"

"哎呀，当然啦。"邮递员点着头，从正在舒适沉睡的邮包中拿出今天的最后一个包裹：一个裹着棕色包装纸并被仔细粘好的长盒子。

"我应该去祈祷，今天的最后一个包裹竟然是从政府寄出来的！"

弗兰茨拿过包裹，表示了感谢。

为了表达自己的热情和友好，邮递员轻轻地敲了两下弗兰茨头上的帽子，然后脚步轻快地踏上了今日的回程。

弗兰茨把包裹拿到里面，放在售货柜台上，在小灯泡的灯光下打量起它。

包裹是专门寄给他的。

弗兰茨·胡赫尔经理收，森耶克报亭，维也纳9区，威宁尔街。

信封上盖了官方的蓝色印章：

国家秘密警察司令部，维也纳1区，摩参广场4号。

瞬间，"经理"这个词让弗兰茨生出一种温暖舒适的骄傲弥漫在胸口。

他撕开包裹，打开了盒子。盒子上也盖了蓝色的公章，以及机打的不太清楚的签名：

国家秘密警察司令部……维也纳1区……于1938年5月16日……LVII-75/39g……

回信请标明以上的文件登记号码和日期

维也纳9区，威宁尔街

森耶克报亭经理

弗兰茨·胡赫尔先生（收）

关于退回个人（贵重）物件：

附件1

我们正式告知您卖报员奥托·森耶克先生的死讯。

森耶克先生于5月14日在维也纳1区，摩参广场4号的国家秘密警察司令部的看守间里因无法确诊的心脏疾病离世。

奥托·森耶克先生的葬礼将由维也纳市政部门于1938年5月15日在维也纳中央墓地40组4排2号位置举行。

森耶克先生于今年4月被鉴定科抓捕指控，因涉嫌：

煽动颠覆国家政权；

违反社会治安管理；

恶意违反法律；

非法占有党派官方印章。

关于被扣押和没收的资产和资金（如果有的话），在未来几周内将会被调查清楚。在此之前，任何第三方对被扣押、没收的资产和资金的所有权及要求均是无效的。

同时，1920 年 8 月 7 日在阿特湖附近的努斯多夫出生的弗兰茨·胡赫尔先生被指定拥有临时支配权，即有权采取必要措施维持报亭的正常商业运营，亦即临时接手森耶克报亭的管理。

经核实，我们现给您寄回森耶克先生如下个人贵重物品：

一串钥匙

一个钱包（空的）

一张照片（人物不明确）

一件羊毛背心

一只鞋

一条裤子（破损）

文件号：B/MA/G

盖章：国家秘密警察司令部

签名：凯恩施泰特博士

弗兰茨把信纸放在卖给女人的时尚杂志堆上，然后将寄回来的所有物品在柜台上摆开。鞋子放在中间，左边是叠好的羊毛背心，钥匙串放在写字垫子的边上，钱包放在墨水瓶边，照片直接放到了台灯下。

照片上是年轻的奥托·森耶克，他穿着制服，靠在一面砖墙上。在他的肩膀旁边，挂着他的帽子，可能是挂在钉子上，或者是一块破露的墙砖上。

他看上去很累，好像要把全部的体重都靠在墙上。他的视线稍稍偏离了相机，看向远处的某个地方。

这些物品一起放在柜台上，看起来很漂亮。

"应该把它们画下来，"弗兰茨心想，"或者找来摄影师，将其拍下来。"

这些物品承载着一个卖报翁短暂的平静生活。

他拿起被仔细叠好的裤子，在胸前打开，对着橱窗举起来，裤子上破损的布条在逆光中摇摆。这条裤子的整个面料又薄又破旧。奥托·森耶克要是再穿一阵子，他的膝盖便能透过一个轻柔的围着栅栏的小窗户亲吻外面的世界了。

弗兰茨把物品又都放回到了柜台上，关上报亭的门，走入了他的小房间。

他顺手关上小房间的门，在黑暗中凝视了一会儿。

突然，他双腿发软，瘫倒在床边的地板上。

他躺在那里哭了起来，直到哭干了所有的眼泪。

在报亭快打烊之前，他重新站了起来。

他走到柜台边叠好奥托·森耶克的裤子，拿着它，走进了罗斯胡贝尔的肉铺。

罗斯胡贝尔和他的妻子正站在柜台后面往绞肉机里塞大块的肉。罗斯胡贝尔夫人从一边往里塞暗红色、黄色和白色的肉块，她的丈夫在另一边接住缓慢涌出的红色"蠕虫"，攒成一堆后，包在蜡纸里，然后将拳头大小的小包装一个挨着一个扔到铁盘上。

门被打开，隔壁卖报的小伙子走了进来，他们连头都没抬一下，只是更加认真地弯着腰在机器旁继续工作。

当弗兰茨推开冰柜旁边的小弹簧门，来到他们的柜台后面，他们依然没有打招呼，什么也没问，什么都没说。

他们愣了愣，直起腰，往后退了一步，把满是血渍的前臂交叉着放在满是血迹的围裙前。

"你来这干吗？"

屠夫低着头，看着地板。

"这是奥托·森耶克的。他现在已经死了。"

弗兰茨把裤子放在铁盘上油腻的小包装旁边。

罗斯胡贝尔脸色一下变得苍白起来。"像大理石，"弗兰茨心想，"像大理石圣徒站在教堂四周，用冰冷的石头眼睛看所有人，样子高大、苍白、僵硬。"

"这和我们有什么关系？"

屠夫张开孩子般的小嘴，露出稀疏的黄牙，牙龈像他身后机器里一直往外挤的"肉虫"一样红润。

"是你在报亭上乱涂的，"弗兰茨说，"是你在辱骂他，你出卖了他，是你杀死了他！"

屠夫抬起他那沉重的脑袋，一声不吭地盯着弗兰茨看。

"你给我住嘴！"屠夫的妻子一边说，一边急忙擦掉了胳膊上的几块小肉末。

罗斯胡贝尔本能地耸起肩膀，又放了下来，喘了几口粗气，把围裙捋顺了，呆呆地向外面看了看，又喘了几口粗气，终于还是沉默了。

"你应该没什么好说的吧！"弗兰茨向屠夫走近了一步，看着他。

在屠夫大理石般的脸颊上掠过一片玫瑰红，像傍晚雷雨过后的最后一抹晚霞。他的嘴角挂着一个发亮的口水泡。

弗兰茨举起双手，看着自己手背光滑的皮肤。

"母亲总是说，我有一双白嫩的手。细腻、洁白、柔软，像个女孩的手。我以前从来都不想听到她说这样的话。现在，我觉得她是对的……"

他放下手。忽然，他伸出右手在屠夫的脸上甩了响亮的一巴掌。

罗斯胡贝尔没有动，也没有发出任何声响。他只是站在那里朝弗兰茨看过去，笨重地，沉默地，一动不动地盯着弗兰茨看。

罗斯胡贝尔嘴角的泡泡炸开了。他的脸颊微微泛红，颧骨下可以看到两道细细的手印。

"爱德华！"他的妻子脸色猛地恐惧、难看起来，冰冷而沉静，"爱德华，你快做点儿什么呀！"

屠夫什么也没做。

直到弗兰茨把奥托·森耶克的裤子拿回手上，离开了肉铺，屠夫才如重新活过来一样。他缓慢地举起双手，伴着漫长而低沉的呻吟，把自己的脸深深埋在了两个手掌里。

亲爱的妈妈：

　　我是很想再给你寄一张卡片的（最新的几张特别雄伟，上面有查理教堂、天竺葵、凯旋门，等等）。但是，有些介绍和图片不相配。

　　我没办法用更好的方式说出来，只好实话实说：奥托·森耶克昨天去世了。他的心脏就那么停止跳动了，可能是因为它不想再与整个生活、时间和所有其他的一切继续同行了。

　　他什么都感觉不到了，非常平静地沉睡了，就在布尔根兰，在他出生的地方。

　　亲爱的妈妈，请你不要伤心。

　　或者，还是请你伤心吧。

　　奥托·森耶克值得被这样对待。这一点，你应该比我知道得更清楚。

　　我暂时先留在这里。否则，我还能干什么呢？

　　报亭毕竟还得继续经营下去，无论如何它都要继续开下去。

　　现在，这里有足够多的事情要去做。

四周的一切似乎都在改变，这是我的感觉，但愿不会一切都消散了。

不变的是湖。

群山和云朵在湖中倒映，远比那几根干瘪的纳粹旗杆长久。

请你相信我！

亲爱的妈妈，这封悲伤的信我就写到这里了，深深地拥抱你。

你的弗兰茨

写信时，弗兰茨想到了卡伦山。

在卡伦山上，他喜欢坐在史蒂芬妮观光塔附近的一块被雷电击过的黑色树桩上，看着下面的维也纳城，太阳、雨、城市、湖和山，烟波浩渺，万籁俱寂。

卡伦山不是山，至少不是一座严格意义上的山，不像沙夫山、霍荷勒肯科格尔山，或者说不像整个霍伦群山。

要是在萨尔茨卡默古特，卡伦山顶多只算是个山丘，甚至只能算块不起眼的高地，或者仅仅是植被稀疏的大土堆。

"维也纳人可不这么认为。"弗兰茨想，"对维也纳人来说，卡伦山不仅是真正的山，而且还是最漂亮和最高的山，最主要的是，这是所有渴望大自然的市民们在每个节假日都要一举占领的山。"

现在，在一个很平常的工作日的傍晚，卡伦山上几乎看不见人。没有人会在找鸡油菌时被周围的灌木丛绊倒，没有人跟在后面喊叫着自家的猎獾狗，也没有人在这里铺开羊毛毯子，去享受傍晚的点心，以及搭配在一起的暖啤酒。

卡伦山和弗兰茨一样，孤身一人。

卡伦山像是亲爱的上帝搞砸了的一座真正的高山的复制品，无论怎么说，这上面的风景还是挺好的。

在卡伦山上，可以让人安静思考，到处散发着阳光和树林的气息。一直萦绕在心头的城市喧嚣，在此时迎来片刻的销声匿迹。

这是弗兰茨拜访了肉铺并返回报亭之后，他人生中写的寄给母亲的第二封信。

除了裤子，弗兰茨将奥托·森耶克的所有东西都清理干净，装进了一个大烟箱子里，在上面贴了一张附带说明的字条"奥托·森耶克先生遗物"，藏在了货架底下。

这一天，他招待客户，接了学生练习册的送货单子（四十页的、二十页的、平的、画线的、方格的、有边框和没边框的）。

为了防潮，他把最贵的雪茄转放到箱子里。

这么长时间以来，他又重新读了一次报纸。他读的不是所有的版面，至少也是大部分，不是从头到尾地读，但也算读得仔细。

六点钟，他终于准时打烊了。

然而，当他把奥托·森耶克的钢笔套拧下来时，他觉得有点儿奇怪，当他拿起笔在账簿上写下一行字时，他感受到一种从未有过的、疼痛的思念。

他的手开始剧烈地颤抖，三颗大墨水珠从钢笔尖滴了下来，正好落在"余额"那一行的中间，汇成了三个带刺的蓝黑色污痕。

弗兰茨想出去，想到外面去，到空气中去，去树林里，爬到山上去……尽管这里的山像是维也纳郊区的一座大土堆。

他将钢笔合上，没有用手边的小海绵去吸干墨渍。

他关上报亭的门，匆匆走进了香气浓郁的风中，前往卡伦山。

他又坐到了那块木桩上，那上面有阳光的余温，还散发着并不难闻的霉味。

一只红色的甲虫在上面这么来回地爬着，爬到一块腐烂的树皮下，一直不停地往前爬，然后便消失不见了。

"一个什么都不知道的人，就没有担忧。"弗兰茨心想，"想去理解事物已经足够艰难，而忘记已经知道的东西更是难上加难，甚至是不可能的。"

他让另一只甲虫在他的食指上爬。

红甲虫在手指上四处疯跑。

他小心地把它放回树皮上，看着它消失在熙来攘往的同类中。

红甲虫的背面看起来像小小的骑士盾牌。

它们的小腿如同极小的四处爬动的字母，当它们这样在卡伦山湿润的土地上爬行时，一直在组成新的单词、句子和故事。

他想到了报纸，想到了报纸的标题。

那么多复杂排序的字母，那么多打印出来的"叫喊声"。

最近的报纸总在说，一切都很好，一切都进行得很出色，几乎都可以当成传奇拿来读了！

总在强调报纸的报道应该写成故事，难道什么时候不应该吗？

总是在强调变革必须开始了，难道什么时候不是必须的吗？

共产党员和异见者的东西被扣押了，难道这就是公正吗？

犹太人的财产被没收了，他们的商铺关门了，然后被顺从的好市民们继续接管，难道这就是一直以来维护公共治安的手段吗？

看看报纸上的标题，看看我们宽容的被上帝关怀的国家奥地利是什么样的吧！

　　　　　"一切发展得很顺利！"

　　　　"伟大的事业正在进行，到处都在进行！"

　　　"艺术馆里'退化的艺术'展览开幕，震惊世人！"

　　　　　　"元首在意大利！"

　　　　　　　"元首在慕尼黑！"

　　　　　　　"元首在萨尔兹堡！"

　　　　　　"墨索里尼发表了一个讲话！"

　　　　　"戈培尔在杜塞尔多夫发言！太棒了！"

　　　　　　"针对英国的反犹太人公告！"

　　　"保护国家铁路的斗争在维也纳—卡格兰举行！"

　　　　"一个共产党员自杀了！又一个！又来一个！"

　　难道他们没有一点儿小小的功劳吗，尊敬的读者们？

　　"今天在法沃里滕有大型花展！儿童和战争伤员免费！"

　　　　　"官方将安排外国仆役打扫游乐场！"

　　　　　　　"今天所有人啤酒免费！"

　　"明天大型飞行表演！大家都来吧！来看一看！带上您的家

人！"

"您今天大笑了吗？"

"我们的照片拍下了元首访问不可逾越的监狱！"

"奥地利天气：少云有风！"

"今日剧院：《丽萨，注意你的言行举止》（喜剧）！"

"明日剧院：《聪明的后妈》（喜剧）！"

"世界在旋转！一切都好！"

"昨天有个孩子在电影院里出生了！为他欢呼！"

"国家秘密警察司令部庆祝成立周年纪念！"

"母亲节快到了！"

"圣诞节快到了！"

"维也纳，只有维也纳，你就是我梦中的城市！"

……

弗兰茨看了看脚下的城市。

夕阳西下，零零星星地，迷失了似的阳光在屋顶上面闪烁着。

银色的多瑙河在房子间蜿蜒迂回，消失在广阔昏暗的河谷草地间。

报亭立在远处的某个地方。

摩天轮，在它影子里的表演刚刚开始。

那个长得像蜥蜴的男人在任何时候都关着门。

伤疤女孩再一次擦去被啤酒和烧酒洒湿的柜台。

聚光灯亮起，德卡巴耶走到舞台上，开始讲笑话。

希特勒、狗、完美的留声机，还有内切娜，那个来自印第安的羞涩女孩。

对于弗兰茨来说，头脑里满满都是如上这些意象，且一直以来都如往日一样平常。

弗兰茨闭上眼睛。

在这样的一天，在这样的时刻，一个人独自在山上，在一座不算是山的山上。

"几只疯了似的红色甲虫和一个疯了似的城市，究竟在想什么呢？"

一切都可以想。

一切都有可能。

谁清理掉了街面上的无赖？

谁把纳粹旗帜插在了湖岸边，给汽轮取名"归家"？

谁杀死了奥托·森耶克？

谁把母亲扔到了床上？

谁在白天朝着天空举起成千上万次手？

谁在夜晚的大街小巷里咆哮着奔跑？

……

突然，弗兰茨觉得左手一阵疼痛，手指有轻微的灼烧感，且遍布了指节、指尖和骨头，绕过手腕、前臂、后臂和肩膀。

"阿娜兹卡。"弗兰茨嘴里念着"阿娜兹卡"，然后就迅速跑开了。

他带着绝望，任由自己从斜坡上滑落。

他脚下的泥土柔软潮湿，岩石被深色的苔藓覆盖，树冠在他头顶上簌簌作响。

他奔跑着，尽他所能地跑。

他听见了自己的呼吸，像是一个陌生人的喘息。

有那么一瞬间，他不确定刮到他脸上和胸口上的树枝是否扎进了他的皮肉里。

他是在现实里，还是在自己的梦里？

他是清醒的，还是在梦中？

一个小时后，当弗兰茨气喘吁吁、满脚是泥地踏入绿色"洞口"时，演出已经结束了。

"蜥蜴"伸出他的小脑袋，收了弗兰茨一半的入场费，打开了裱糊的门。

内切娜刚刚跳完舞离开舞台。

男人们喝了啤酒后变得迟钝的眼睛里依然在喷着欲望的火焰，内切娜还在一双双眼睛里面燃烧着。

在聚光灯下站着一个半秃顶的胖男人。他穿着一身柠檬黄西装，在空中挥舞着他的胳膊，用沙哑的假声朝着观众嚷嚷着。

柜台后面站着那个伤疤女孩。她的脸上跳跃着烛光，脸上的伤疤看起来像是画上去的，清晰、暗沉。

她冲弗兰茨点了点头。

舞台后面坐着三个穿制服的男人。其中一个年轻一点儿的男人，脸上的轮廓很柔和，皮肤白皙，腰上佩了一把短剑，剑挂在一串骷髅头链子上。

司仪在舞台上用开玩笑的口吻问："现今，一个犹太女人在家还能做什么？"

舞台下面有个人大声喊出了答案，所有人鼓掌大笑，那位穿着柠檬黄西装的男人作出一脸吃惊的表情。

弗兰茨绕着舞台边的地板上走了一圈，消失在门后面。

在一条暗道的尽头还有一扇门，一条光带从门底下透了出来。

弗兰茨打开门，铰链"嘎吱"地响。

里面的房间很小，被照得很亮，空气中弥漫着汗味和化妆品的味道。

在靠墙的桌子边，阿娜兹卡正坐在被小彩灯环绕的镜子前。她还穿着自己的演出服。

当她察觉到弗兰茨走了进来，她头上的羽毛在微微颤动。

"啊哈，小伙计！"她微笑着说，并用小海绵擦拭着脸上的印第安彩妆。

"阿娜兹卡……"弗兰茨，这个名字却让他感觉异常陌生，仿佛从未开口叫过。

"海恩茨在哪呢？"

她耸了耸肩。

"走了。被秘密警察带走了。"

"为什么？"

"因为讲笑话，还有其他的……"

弗兰茨看着镜子里的她。

镜子上有个地方碎了，看起来就像她额头上出现了一个裂痕。

"你收到一个包裹了吗？"

"什么包裹？"

他干干地吞咽了一下。

"我也不知道，我只是随便那么一问……"

在说话间，她把脸上所有的涂料都擦掉了，重新往脸上和额头上抹了一指尖的白色的化妆乳液。

瞬间，她的脸又像是戴了另一张假面具。

弗兰茨想到了挂在努斯多夫小教堂祭坛里的死亡面具，它展示的也不知道是哪一位乡村圣徒的面容，他的名字、出生地和被封为圣徒的原因都在时光流逝中不得而知了，它在教堂里可以因为不同的角度和光线看起来时而友善时而狡诈，让孩子们在做周日弥撒的时候感到害怕。事实上，没有人能受得了它。但是到目前为止，还没有哪个牧师敢把它摘下来，把它和被时间侵蚀的祷告书一起尘封于教堂地下室的箱子里。最后，人们终于不再清楚它的来龙去脉，它让所有人觉得通向上帝的路神不可测。

阿娜兹卡涂好了乳液，摘下了几根夹子，迅速地将假发从头顶上拿了下来，挂在镜子旁的钩子上。

她梳理好额头上的头发，满脸绯红地看着弗兰茨。

"你的牙去那儿了？"

"我不知道。"

弗兰茨用舌尖舔了舔光滑的牙龈。

阿娜兹卡把梳子放下，站了起来，向他走近。弗兰茨能闻见她身上化妆品的味道，能看见她睫毛上的小炭粒，谨慎地打量着她的皮肤、汗水和呼吸。

"只是嘴里多了个漂亮的牙缝嘛！"她笑着说，"现在看起来和我的一样了啊！"

"是啊。"

弗兰茨突然觉得有一股眩晕的感觉在身体里蔓延开来，可能是因为房间里令人窒息的空气，也可能是因为跑得太快了。

他向前走了一步，又向右晃了两步，然后盯了一会儿墙面。

"奇怪，"他心想，"我居然可以在这么小的房间里有迷路的感觉。"

墙被粗略地擦拭过，污渍斑斑。墙上钉着一个钩子，钩子上挂着散开的线，轻轻地晃动着。

弗兰茨感到自己的心脏正在胸中强烈而温暖地跳动着，它像是在卡伦山的斜坡上，或者维也纳郊区的街道上曾被落下了，现在追上了弗兰茨。

墙上的线停下了晃动。弗兰茨的心跳也平缓了，眩晕的感觉逐渐消散了。

弗兰茨转过身，重新又朝阿娜兹卡走近了两步，把一只手伸到了她的脸颊上。

"阿娜兹卡，我真理解不了，所有人都疯了，人们让自己从屋顶上摔下去，奥托·森耶克被杀了。谁知道海恩茨的命运会是什么？犹太人蹲坐在人行道上，还要扫马路，下一个就是匈牙利人，或者布尔根兰人，或者波希米亚人……又或者我所知道的没有把纳粹标志烙进脑子里的下一个人。谁不把手臂伸向天空，谁就得去大都市酒店'占'个房间。在维也纳，已经没有舞可跳了，普拉特游乐场流淌着黑色的瘟疫。你出去看看吧，秘密警察就坐在外面，他们在痛饮啤酒，在等着把下一个卖报员，或者犹太人，或者讲笑话的人，扔进火里。阿娜兹卡，我不知道你现在是否需要我，我也不知道我现在是否需要你，一切都变得无所谓了，外面坐着纳粹，正充满激情地叫嚷着。也许，我们可以一起离开，我想说的是，咱俩一起去个安静的地方，去波西米亚，去一座深山里隐居，或者去萨尔兹卡默古特，妈妈肯定不会反对，我可以在那儿重开一个报亭，我们可以结婚……就这样吧，反正亲爱的上帝只会觉得一切都无所谓。然后，你会是一个……"

就在此时，门被打开了，那个肤色白皙的男人走了进来。他把帽子夹在腋下，兴致勃勃地环顾四周，短剑链子上的骷髅头相互撞击着。

弗兰茨脖子上的肌肉紧绷了起来。

"好吧，"弗兰茨心想，"马上门又会被打开，更多穿黑色制服的人会进来大喊大叫，或者静悄悄地溜进来，像黑色的大鸟。我最好现在从衣帽间里跑出去，从洞里跑出去，沿着所有回去的路，爬到卡伦山顶上，直接从另一面跑下去，然后一直跑，顺着多瑙河，直到它的源头，然后从那儿逃走。"

但是，现在完全不可行。他只能站在那儿，阿娜兹卡也只能站在那儿，这就是现实。他深呼一口气，又深吸了一口气，向前走了一步，把胳膊抱在胸前。

"尊敬的先生，出于礼貌，我老实告诉您，不管您穿的是黑色制服，还是蓝色的，还是黄色的，不管您是在身上挂了骷髅头，还是鹅卵石，还是有什么秘密的想法，我完全不在意。不过，这位波西米亚女孩是我完全在意的。她只是个艺术家，除此之外，她没有对别人做过任何事情。她亲过我，还各自产生了感情，因此她在我的保护之下。所以，我在此急切而真诚地恳请您，离我们远点儿。如果非要这样，您必须要因为工作给您的狂暴元首或者魅力元首或者其他什么称谓的元首带点儿什么回去的话，那就以上帝之名带上我吧！"

那个年轻的男人眨了眨眼睛。他长长的睫毛温柔地跳动着，额头高大，光滑而洁白。他看向阿娜兹卡。

阿娜兹卡叹了一口气，看起来像是在思考着什么。她把额头上一缕凌乱的头发吹开，又叹了一口气。然后，她走近那个男人，胳膊环绕着他的上身，紧紧贴着他，把脸颊靠在他的肩膀上，正好贴在肩章下面两条白色粗饰带摆动的地方。

"啊？原来是这样！"

弗兰茨一脸惊讶。

"是啊，就是这样。"

阿娜兹卡慵懒地眨着眼睛。

弗兰茨看着头顶上的天花板。突然，一个极端的想法爬进看他的脑门，像两栖动物一样，像是从上面的天花板裂缝里爬出来似的，可弗兰茨还是把它赶走了——他想用苍白的手在墙上撕开一个洞，直接从那儿穿过去，再过游乐场通道，一直走到摩天轮那里，坐上一个吊舱，一直转圈，直到所有的疼痛感全部消逝。

阿娜兹卡用粉红色的手指拨弄着脸颊边的一缕饰带，年轻男人把手放在她的脖子上，轻轻挠她的发际。

"我可能应该……"

弗兰茨想说些什么，可又顿住了。

"什么？"

阿娜兹卡将手放在脖子上的那只男人的手上。

"不知道，"弗兰茨说，"我真的不知道。"

弗兰茨耸着肩膀，然后便转身走开了。

当弗兰茨绕过桌子挤向出口时，穿柠檬色西装的司仪很有风度地向他来了一个鞠躬，同时在满是汗水的秃头顶上挥舞着自己的帽子。

弗兰茨走出洞口，经过了窄窄的木栅栏街道，向摩天轮方向走去，他依然可以听见身后沸腾的掌声。

这掌声，让他想起孩童时候经常观察的蝙蝠，它们挂在翁特拉赫（奥地利上奥地利州弗克拉布鲁克县的一个镇）的石灰岩洞里，太阳落山后不久，就像是从洞顶上的一幅静止的画里飞出来似的，组成强劲的蝙蝠团，在夜里疾驰。

"在纳粹遍布整个维也纳期间，维也纳邮政总局也相对应地有了变化。"邮递员赫里伯特·弗林德勒拖着沉重的步伐，走在伯格街上时这样想着，"至少没有让一切都变坏，有些地方甚至变好了，有些变化应当被肯定。"

"比如说，"他继续想着，"邮票现在被叫作邮政价值符号，变得好看了，图案更丰富多彩了，有鹰，有人群，有城市，还有很多其他东西。而有些邮票，甚至还是元首自己画的。"

"尽管元首可能已经是德国籍了，但他仍然一直是个奥地利人，"赫里伯特·弗林德勒心想，"一个地道的奥地利人，来自不仅漂亮而且有内涵的地方——因河畔布劳瑙（奥地利上奥地利州城市，位于奥德边境因河畔，距离林茨约90千米，距离萨尔茨堡约60千米），这样的一个人，才会知道怎样对这个国家和人民以及邮政顾客好。要是元首连他自己在做什么都不知道，那他就不是元首了，顶多是因河畔布劳瑙的市长，或者是某个居委会主任，又或者是居委会里的财务主管。"

"可是，人们最近越来越频繁地听见关于犹太人的事情。事实上，这些事情难道没有被搞得一团糟么？难道把犹太人从他们的公寓、商铺和办公室里赶出去，还要他们跪在人行道上点头哈腰、低声下气的做法是对的吗？难道在同事之间悄悄流传的关于信件处理的谣言是正常的吗？据说，在邮政总局扩张的地下室里，在亮堂堂的房间里，成百上千的男男女女轮着班拆信，并根据内容决定最后是寄出去，还是交给上级做进一步的鉴定。在此期间，几乎一半寄出的信都是被拆开过的，这对于每个忠诚的邮递员来说都是一种赤裸裸的羞辱。"

"我是阿尔瑟格伦德/罗绍区众所周知的最忠诚的邮递员。"他心想，"还好，我不是犹太人，来自上施蒂利亚，家谱追溯到石器时代都是干净的。"

伴随着这些胡乱想法，赫里伯特·弗林德勒最后来到了威宁尔街的报亭前，从他肩膀上慵懒的晃来晃去的邮包里翻找出一本阿尔瑟格伦德民政处的宣传册，以及几本别的彩色小册子。

他瞥了一眼今天橱窗上的梦境纸条，推开门，走进售货间，心情相当舒畅地朝里面嘟哝了一句"希特勒万岁！"

柜台后面，弗兰茨的视线从他的账簿上移开。他已经在那上面费了半天神。他朝邮递员点了点头。

"亲爱的邮递员，"他疲惫地说，"那个希特勒您可以放在别的地方，我祝您有一个愉快的早晨！"

赫里伯特·弗林德勒像什么都没听见一样，尴尬地低声咳嗽了一声，他肩上的皮革邮包袋子也跟着轻微地"咯吱"了一声。

他四处看了看杂志货架，打着哈欠，拉开了他的领带结，接着又低声咳嗽了一下。

"您一定听说了，"他终于开口说话了，并且把腰弯得离柜台很近，"据说您跟教授先生走得很近，是吧？"

"哪位教授？"

"那位治白痴的医生啊。"

"或许吧。"

弗兰茨完全没兴趣回应。这种对他和教授的关系几乎是公开的、煞有介事的不良猜测，反而让他在心里有点儿暗暗得意。

弗兰茨特别小心地用吸墨水的小海绵轻轻擦着钢笔尖。

"你觉得我应该听说些什么呢？"

"唉！教授离开了。离开了伯格街，离开了维也纳，离开了奥地利，跟家人和公寓里杂七杂八的东西一起离开了！"

弗兰茨点了点头。有一股难受的东西涌到了他的脖子，在那儿死死地堵了一会儿，然后继续往上升，扩散到他眼睛后面的某个地方，直到好像充满了他的整个脑袋。

"原来如此！"

账簿上的一行字，是刚写下的内容，变成了模糊的一片蓝色。

"嗯，就是这样！"邮递员也使劲儿点了一下头，"因为那个教授也是他们当中的一员，是一个犹太人。他一方面是个犹太人，另一方面又是个教授，在一切变得难以挽回之前，他一定觉得还是走为上计！"

"啊哈！"弗兰茨说，"那他想去哪儿呢？"

赫里伯特·弗林德勒站直了身子，耸了耸肩。

"据说是去英国了。那儿可能会让他平静。那儿还有个国王，所以可能还有足够多的笨蛋，会买他那些稀奇古怪想法的账。"

"啊哈！"弗兰茨说，"他什么时候走？"

"明天。"邮递员上身一扭，把邮包从前面转到了背后，"明天下午三点！"

邮递员离开报亭之后，过了好一会儿，弗兰茨发热的脑袋才冷静下来，才能开始重新回到手头的事情上。

现在，教授也要走了，似乎所有人都要走了，好像整个世界都动身了，要去某个地方。可是，弗兰茨才刚刚来到这里！

他把账簿和文具放进柜台里，走到后面，往脸上泼了点儿凉水，用手指抓了抓头发，又走到前面，从装荷约雪茄的盒子里拿出三支特别好看的、饱满的、香气逼人的样品出来，用《农民周刊》的文化版面包起来，然后把小包裹藏在衬衫里面，关上了报亭的门，朝伯格街19号走去。

从很远处，他就看见了那两个便衣警察。那两个人紧挨着坐在一条小长椅上，其中一个人歪着脑袋，看起来像是在观察屋檐下的鸽子，另一个以轻轻向前俯身的姿势正向下盯着路面看。

他们看上去好像已经这样坐在那儿很长时间了，屁股像钉在了椅子上，纹丝不动。

弗兰茨到了教授家门口，用食指按下诊所的门铃，他们俩突然站到了他的身后。

"你想去哪儿？"两个人中年轻的那位问道。

"我想进去啊！"

"找谁？"

"找教授。"

"干吗？"

"我给他送剧院的门票！"

"什么剧院门票？"

"当然是城堡剧院了，"弗兰茨说，"前排中间的位置。我记得是席勒的作品，或者是歌德的。总之，是很严肃的剧！"

年纪大的那位向弗兰茨走了过来，看着他，没有看他的眼睛，而是盯着他额头上的某个地方，或者是盯着他头顶上面的某个地方。

"今天没有给犹太人看的演出，明天也没有，而且后天更没有。给犹太人看的，已经全部演完了。所以，现在带着你的剧院门票一起从这里滚开，立刻、马上。不然，我就把你的门票插到你的屁眼里，然后让你连个兽医都找不到！"

于是，弗兰茨慢慢沿着伯格街往下走。

那两个便衣警察又坐回长椅上，重新摆回他们原来的姿势：歪着脑袋看鸽子，耷拉着脑袋盯着路面。

弗兰茨走了大概50米之后，拐进了伯茨兰街，并站在了那里。

他衬衫里的包裹"沙沙"作响，荷约雪茄的香气已经穿透了报纸。他小心翼翼地在拐角处窥探起来，那两个男人依然丝毫不动地坐在那儿，像一动不动的两尊雕塑。

在他们对面，离教授的公寓只有几步远的地方，煤炭工人正在工作，连着地下室窗户的煤炭房的门开着，附近街道上直至马路中央都撒满了黑色的煤灰。弗兰茨想到了阿娜兹卡的睫毛，黑色的，黑得如同魔鬼的心脏。

一阵越来越响的沉重马蹄声从多瑙河方向过来了，"叮叮当当"地通知它前面的一辆啤酒车。

马车车夫哑着嘴，马向前跳跃了一下，车厢颠簸着加速来到伯格街上。这是一个大车厢，装了八个大酒桶和两个学徒，他们的腿在货箱里晃动着。

当马车刚好挡住了便衣警察的视线时，弗兰茨跑了起来。他缩着头，一溜烟似的小跑到肩膀高的马车轮子旁边，接着又跑到了煤炭房那儿，最后来了一个急转弯，三步并作两步跨到了沥青色的窗子边。

他双手抓住窗子的边框，铆足了劲，跳了进去，屁股落坐在一条煤炭运输传送带上，他顺势往下滑，掉到了碎煤堆上。他向四周看了看，这里到处都是煤炭。被铲在一起的煤堆，被装进袋子里；

发亮的黑煤饼，以及到处散落着的煤块。

在后壁的一个小窗户下放着一张脏兮兮的写字台，三口袋煤层层叠在一起，被当成了凳子或椅子。

弗兰茨爬上桌子，把他的头伸到外面，瞅了瞅空无一人的后院。除了又高又灰的墙，院子中间有一棵老栗子树，几扇窗户零星地开着，几株皱巴巴的天竺葵，还有一股潮湿的石灰味，以及煮白菜和公共厕所的味。

弗兰茨从墙上爬了过去。

经过一扇矮院门，他来到19号的楼梯间。

为了让急剧跳动的脉搏平复下来，走到二楼时，他在原地停了一会儿。然后，他按下了门铃。

门开了，门缝里出现了安娜消瘦的脸庞。

"您好，麻烦您了，我想和您的爸爸说话！"

"我父亲不再问诊了。"

安娜的声音洪亮而又柔软，她的眼睛和教授一样是棕色的，只是更深一些，更平静一些。

"我不是来求诊的，"弗兰茨伸出下巴以示回应，"可以说，我是一个亲近的老熟人！"

安娜·弗洛伊德挑起左眉。

弗兰茨一直很佩服能完成这项特殊技能的人。在努斯多夫，就目前他能记得的只有两个人可以做到：年老的小学老师朗格迈尔和自己的妈妈。他自己尝试了好几年，在家里的镜子前，或者在湖岸边弯腰对着水面，除了把额头皱成奇怪的形状之外，他一次也没有成功过。

安娜解开了安全链，然后把门打开。

她穿了一件几乎拖到地板上且一直扣到脖子上的相当破旧的披肩，外加一种晚上或早上，或者居家时穿的大衣。

她光着脚。

"跟我来！"

她没有回头，一直往前走。

穿过等候室和一间空荡荡的前厅，他们来到了里面的一间屋子。

安娜打开了唯一的一件家具，一个几乎顶着天花板的柜子，里面一件挨着一件整齐地挂着大概二十条熨烫好的裤子。

她从中拿出一条土色的高裤脚。

"穿上它！"

弗兰茨这才注意到自己浑身有多脏。

在地下室里滑行时，他的裤子被染成了黑色，每走一步，便扬起一阵煤灰雾，像一只活在陆地上的乌贼。

安娜转向窗户，抱着胳膊，微微低着头。

弗兰茨在镜子里看见她闭上了眼睛。

他小心翼翼地脱掉自己的裤子，然后穿上了她给的那条。

这是一条女式裤子，臀部有点儿宽，小腿部位有点儿紧，整体有点儿短，但是还凑合。

他穿好后，她转过身，点了点头。

随后，他们又走过好几个空荡荡的房间，里面全都是零零散散地靠墙堆着几个箱子。

在诊疗室前面，安娜用指尖敲了三下门，然后谨慎地打开了门，微微点了下头，示意弗兰茨进去。

他瞅了好几眼，才在只剩下几件家具的空房间里看见教授。

教授躺在一个残破的沙发里，头放在一堆靠垫上，身体被掩盖在一张厚重的羊毛毯下面。房间里除了沙发，还有一个巨大的瓷砖炉，和一个装满了少见的小人和小动物雕塑的玻璃橱。

"你来这儿干吗？"

教授发出的声音像是腐朽树枝的"嘎吱"声。

他看起来变瘦了，头枕在靠垫上，比弗兰茨记忆中的样子更脆弱了。

他的下颚看起来稍微歪到了一边，而且一直在不停地颤动。

弗兰茨小心翼翼地在木地板上朝沙发方向走了几步。

"您生病了吗，教授先生？"

弗兰茨问得那么轻，连他自己几乎都听不见了。

"已经病了大概四十年了，"弗洛伊德点着头，"每次生病时，我就抱着热水袋躺在沙发上，这沙发本来是为别人准备的。我很想给你找个坐的地方，但是屋子里的椅子不是被运走了，就是已经被某个国家主义者的屁股坐上去了！"

"我很乐意站着，教授先生！"弗兰茨说得很快，"我听说，您要离开了？"

"是的。"弗洛伊德呻吟着，艰难地把毯子下的腿弯成了一个三角形。

"去哪儿呢？"

"去伦敦。"教授把鼻梁上的眼镜扶正，"你怎么穿了安娜的裤子？"

"您的女儿太友好了……我是从那儿……我是穿过后院……从

煤炭地下室里……因为外面坐着秘密警察……"

"秘密警察……"

就在这时，他们目光同时向上，在沙发正上方，一只盲蛛正在屋角上颤动着。它在角落里跳着弧形舞，一会儿停了下来，接着又摆动了几下，然后便没有动静了。

"我给您带了点儿东西！"

弗兰茨将小包裹从身上的衬衫里拿了出来，细心地将《农民周刊》文化版面包裹着的三支雪茄送给了教授。

弗洛伊德的脸一下子明亮了起来。他用一股难得的活力把毯子扔到了一边，坐了起来。

弗兰茨终于看清了，教授穿了一身西装，这是一件无可挑剔的灰色绒布单排扣上装，里面是一件马甲，衬衫领很是坚挺，还有系得很正的领带结。

教授没有穿鞋。他的脚又小又细，就像孩子的脚，藏在深蓝色的袜子里，其中右脚的袜子在五个脚趾头尖的地方很明显地被补过好多次了。

"现在一根，旅途中一根，英国一根，我是这么想的。"弗兰茨说。

弗洛伊德轻微地晃动了一下脑袋，注视着眼前那三支雪茄，用手从中拿出了一支，放进了自己的西装口袋。

"这是留给王国的！"他说，"让自己在那个自由世界里深深地吸上一口！"

他拿出另外两根雪茄，对着窗户，举了起来。他轻轻地触摸着它们，深深吸了一口气，然后呼出去，伴随着倾心的"咔嗒咔嗒"声，他说道："你在唇齿间有过如此美妙的、如此不可思议的、在不完美中又如此完美的感觉吗？"

弗兰茨想到了他小时候和男孩们在灌木丛里扯下来的藤蔓，在小刀子的帮助下，切成手指长的一块，然后平躺着放在鼻孔下嗅。那是一种寡淡的、很苦的、木头的味道，但是却没有人说得出来。取而代之的是，所有人面朝天空享受、安静地嗅着，并试图一次次把嗓子眼里强忍着的想咳嗽的感觉给硬压回去。事后，某个孩子会溜进芦苇丛里，在高高的秆子间，弯腰朝水里吐口水，银色的红点鲑马上就游过来争抢那个唾液斑点。

"没有，我想我还没有，教授先生。"

"你还需要点儿时间，我年轻的朋友！"

教授把他的下颚捏成一个斜斜的微笑。

弗兰茨踌躇地走向玻璃橱，从中拿出一个没有头的陶俑骑兵，和一个两侧装饰着相当笔挺的大理石阳具的富铅烟灰缸。

"我不是很清楚，教授先生，我还从来没有尝试过。"

"尝试会给你开启新世界的大门，"弗洛伊德愉快地说，"而且我不想在告别时一个人抽雪茄。"

"坐下来！"

教授又深呼吸了一次，并轻柔地用左手"啪啪"地拍打了一下他身旁的垫子。

"坐沙发上？"

"坐沙发上！"

弗兰茨拘谨地坐了上去。沙发让他觉得出乎意料的硬，像病人们在上面度过的那些时刻一样硬，但也不是非常不舒服。至少，教授在他旁边稍微动了一下，他马上就能感觉到，就好像他们彼此的身体也有了些许联系。

他们沉默地抽了第一口。

屋顶上的盲蛛又开始动了起来，在角落里摸索着向前爬了几步，马上又跑了回去，最后看起来像石化了一样，一动不动。

弗兰茨抽第一口雪茄时，需要压制很强烈的喉咙痒和想咳嗽的感觉，第二口时有点儿恶心，第三口时感到了短暂的晕眩，有种缓慢地向地板倾斜的冲动。不知怎么的，他却能继续往下抽，内心竟慢慢获得了些许平衡，抽着抽着，似乎感觉越来越好了。大概在第七口或者第八口的时候，他的舌头轻微地麻木了，而一股新鲜的舒适感在内心深处扩散开来。

"我已经听说了森耶克先生的事情。"教授将手握成拳捂住嘴，轻声咳嗽着说，"我非常抱歉。"

"是啊。"弗兰茨过了好一会儿说道，"现在我是报亭经理了。"

傍晚的金黄色余晖洒满了整个房间。

外面的栗子树簌簌作响，后院上方的一小块天空上飘来了深灰色的云朵。

教授拉起毯子的一角，盖在膝盖上。

"天也变冷了！"

教授把双脚放在一起轻轻摩擦起来。

"您应该多穿点儿，教授先生。也许，您该加一件羊毛背心，或者穿件厚实的上衣。您还可以烧起这个瓷砖炉，多注意一点儿身体总是好的，特别是在您这个年纪！"

教授虚弱地摆了摆手。

"我的年纪早就没有什么健康可言了。"

"我不允许您说这样的话，教授先生！"

"小孩和老人应该多被允许做的一些事。但是，还是让我们来说另外一种完全不同的痛苦吧。你的波西米亚达辛尼娅怎么样了？"

"她不叫达辛尼娅，而是阿娜兹卡。一切都已经过去了，或者更确切地说，我和她从来没有开始过，也许一切仅仅只是个巨大的错误。"

"爱情一直都是个错误。"

"她现在和一个纳粹在一起。一个军官，或者是将军，或者是别的什么我所不知道的，总之，那是党卫队里的一个人，全身穿着黑色的服装，腰带上挂着银色骷髅头……"

弗兰茨顿住了一下。

他突然感觉到教授的眼睛正看向自己，他们彼此之间出现了一瞬间的沉默。

教授的眼睛是那种不常见的、棕色的、明亮的、闪烁的眼睛，看起来像是永远也不会和身体的其他部分一起变老。

弗洛伊德张开嘴，让几缕烟从牙齿间溢出，烟雾经过鼻翼，从眼镜片下面穿过，再经过额头，一直慢慢飘升到天花板。

"当初，在我登上蒂默尔卡姆的火车时，我的心脏很痛，"弗兰茨继续说，"当我第一次从阿娜兹卡身边狂奔逃逸时，十个医生都治不好我的心痛。可不管怎么样，我都能大概知道，我该去哪儿，以及我想要的是什么。现在，心痛的感觉已经几乎消失了，但是我却什么都不知道了。我觉得自己就像一条小船，在暴风雨中丢失了双桨，现在正毫无目的地四处飘荡。所以，您比我好很多了，教授先生。"沉默了几秒钟过后，他又补充道，"因为您确切地知道自己要去哪里。"

教授叹了口气。

"尽管我对自己要走的路已经有些了解。不过，了解我们要走的路，并不是我们的使命。我们的使命是不去了解我们的路。我们来到这个世界，不是为了去寻找答案，而是要去经历。我们在几乎永恒的人生昏暗中四处摸索，只有足够幸运的人，才能偶尔看见一盏小灯燃起的光明。同时，只有拥有足够的勇气，或毅力，或愚蠢，或最好是将这些全都混在一起之后，我们才能在某些地方留下自己的印迹。"

说完，教授便沉默了，抬起头，看向窗外。

外面下起了毛毛细雨。栗子树的叶子被淋湿了，泛着光。不知哪儿有扇门在"砰砰"作响，还有人在喊着什么听不清的话。不一会儿，又全都恢复了平静。

"这棵栗子树……"弗洛伊德嘟哝着说，"我已经见过它多次开花……"

"伦敦也有栗子树吗，教授先生？"

"我不知道。"

在教授眼镜片的边缘，出现了自己的倒影：一个瘦小的男人，四肢娇弱。

教授的身体猛地抽动了一下，他把雪茄咬在牙齿中间，用拳头把自己的身体从沙发上撑了起来，不知怎么的，他在那儿颤巍巍地站了好几秒钟。

伴随着膝盖关节"咯吱咯吱"的响声，他走到了房间的角落。

在他头顶上，正趴着那只盲蛛。

"为什么世界上的一切都能留在这里，而我这位举世闻名的心理分析创始人，却必须得离开！"

教授愤怒地喘着气，把胳膊伸向高处，威胁似地冲着那只小动物摇晃着他的拳头。盲蛛颤动了一下，伸出一条腿，又缩回去，接着便一动不动了。

教授仍然挑衅似的瞅了它一会儿。他终于还是放下了胳膊，沉默地盯着被烟熏成浅褐色的壁纸。

"我想，这只盲蛛活得一定不轻松，教授先生！"

教授好奇地看了看弗兰茨，好像眼前的这个小伙子有了某种惊人的发现。他的手疲惫地颤动了一下，表示同意。

教授抽了一口已经快熄灭的荷约，迈着小步走回沙发边，好像用尽全力似的慢慢坐了下去。

房间里越来越昏暗。

外面，从远处传来了"隆隆"的雷声，栗子树看起来像是在狭窄的后院里蜷缩着。

这栋房子几乎是完全寂静的，只有远处的一个房间里偶尔传过来一阵细微的嘈杂声。

弗兰茨可以听见教授的呼吸声，有时伴着轻微的咳嗽。他听见了教授的袜子摩擦发出的声音，听见了木地板发出的"嘎吱"声，听见了雪茄燃烧的细微的"滋滋"声……

最后，一切又安静了下来。

"顺便说一下，我还是没有买您的任何书。"弗兰茨说，"首先它们真的相当贵，其次是不可思议的厚，反正我的脑袋现在是没有任何地方空出来给这些东西。"

　　"当然，我遵循了您的建议，开始记录我的梦。"弗兰茨补充说道，"大部分可能都没有什么意义，但是有一些奇怪的梦境。我不是说好笑的那种奇怪，而是值得注意的那种奇怪。我不知道那些奇怪的梦境都是从哪儿来的。我无法想象，我的脑子能够完全靠自己生出这些奇怪的梦境。您是怎么认为的呢，教授先生？"

　　弗洛伊德嘟哝了几句听不清的话，并且把腿伸到前面。

　　弗兰茨"咯咯"地笑了起来。

　　"总之，我每天都把梦记在一张纸条上，然后把它贴到橱窗上。对我自己来说，这是否能带来点儿什么，我还不能确定。但是，这样做对报亭是好的。人们会停下脚步，把鼻子贴在橱窗玻璃上，阅读那些在夜里飘进我脑袋里的东西。如果他们已经停下了脚步，可想而知他们也会走进报亭买点儿东西。"

　　"就是这样的，教授先生！"

　　稍停片刻之后，弗兰茨又止不住地"咯咯"笑起来。

　　一股愉悦的暖流蔓延在他的身体中。他也有点儿头晕，是舒适的晕眩。这就好像他不是坐在一张旧沙发上，而是坐在一块陈旧的、腐朽的且在阿特湖南岸已经有一半被湖水淹没的木板上，一直在汽船后面翻滚的浪花中安逸地摇曳。

"这种感觉的出现，可能是因为刚抽了手里在圣胡安·马丁内斯阳光充沛又富饶的河岸边由勇士们采收，又经女人柔软的手卷起来的荷约。"他这样想着，并看了一眼那细腻的雪茄卷，"或者可能是因为和教授之间近乎虚幻的亲近关系，也有可能是出于完全未知的其他原因。"他继续想着，"这股暖流是怎么来的，其实完全不重要，愉悦就是愉悦。"

大大的雨滴正拍打着窗玻璃，风把它们向各个方向吹散，变成闪着光的纹路。在后院另一侧的窗户上，只有一盏灯亮着。

"他们不会知道的，教授先生。"弗兰茨在指尖慢慢地转动着他的雪茄，"但是奥托·森耶克是个不抽烟的人，是一个读报纸的人。读报纸的人和卖报翁，对他来说，几乎是同一个身份。他在报亭里坐了几十年，却从不吸烟。坐在那里，他知道关于雪茄的一切。知道它们的产地、质量和特征，直至最小的细节。他介绍它们的内部结构如同一个医生介绍人的身体。他从来没有想要知道雪茄抽起来是什么味道，这真的是很奇怪。"

"这真的是很奇怪。"他又重复了一遍，然后把一长截的烟灰抖落在放在他和教授大腿之间的富铅烟灰缸里，"当然，我对抽烟懂得也不是很多。但是当您回来时，我会懂得更多，这一点我可以向您保证。您一定会回来的，无论如何您一定会回来的，因为故乡就是故乡，家就是家。那个希特勒总会在什么时候停歇下来，所有其他人也是一样，一切都会变得和从前一样。教授先生，您是怎么看的呢？"

弗洛伊德发出几声哀叹，弗兰茨让自己在靠垫里陷得更深了一点儿。

"英国的雨水应该比萨尔兹卡默古特的还多，那儿总是阴雨连绵。我的看法是，雨水多的地方对您这样虚弱的先生来说可不怎么太好，会影响您的健康。以后如果有机会，您无论如何都要认识一下我的母亲，我觉得你们可以很好地理解对方。我的母亲也是很理解现在的纳粹和他们正在做的蠢事，你们会聊得来的。除此之外，她还会烤土豆卷，而且特别正宗地道：在铁锅里和黄油一起烤，加不加油渣或者扁豆都行，完全按您的喜好……"

弗兰茨突然停下来。

弗兰茨感觉他这一辈子都没说过这么多话。事实上，也真是这样。对他来说，不说话的状态一直是最值得向往的。过去，他能和周围的树木、芦苇秆子或者水藻滔滔不绝地说些什么呢？母亲本来也不喜欢说什么话。大多数的夜晚，他们都只是一起沉默地在木屋里吃饭，这样也很美好。

"母亲，她此刻在哪儿呢？她在干吗？她是不是也正在想我？她在想早已不再那么年幼的弗兰茨吗？"

弗兰茨眨着眼睛。外面的雨水继续拍打着玻璃。他背后的靠垫比至今为止感受过的所有东西都要柔软，除了母亲的手臂，还有阿娜兹卡的肚子和她的腘窝、她的肩胛肌肉，以及她全身上下所有的地方。

他的胃"咕咕"地小声叫着，角落里的瓷砖炉"吱吱"地小声回应着。

墙上悬着一个影子，玻璃橱里似乎有什么在动。一个拇指大小的木头俑，头掉在了自己的脚尖上，他的手作挥舞状，似乎是在告别。

"这真是荒唐。"弗兰茨轻声说。

活到现在，他从未感受过当下这般疲倦和沉重。

"教授先生？"

弗兰茨的声音有些颤抖。他把雪茄举到面前，然后看着它的灰烬在眼前变得模糊起来。

"您确实还会回来，对吗？"

教授没有回答。

当弗兰茨看向他时，教授已经睡着了。

教授的呼吸均匀，双手平静地放在膝盖上，而他指间的雪茄早已熄灭。

弗兰茨腰弯看向老人。

"他看上去难以置信的轻柔。"弗兰茨想，"他就像玻璃橱里的木俑。他这样会在睡梦里从沙发上滑到木地板上，摔成千万块，或者直接消散成灰烬。"

教授的头向后仰着，嘴巴微微张开。他的皮肤看起来像染黄的纸张，且被揉过成千上万次之后又铺平展开了。他非常平静地躺着，只是眼睛还在眼皮底下不停地微颤，好像它们对沉寂与黑暗感到不满。弗兰茨从教授手里拿出剩下的已经熄透了的雪茄，把它放进了烟灰缸。他小心翼翼地在他脖子后面塞了一个最小的靠垫来撑住他，用指尖把他歪了的衣领拉正，轻轻吹走领带上的一点儿烟灰。然后，他拿起毯子盖住了他的身体，用手轻柔地抚摸了一下毯子上的羊毛。

弗兰茨在沙发上大概又停留了一分钟时间，继续观察着教授平静的呼吸。当他最后踮着脚尖离开房间时，他又朝天花板看了一眼，那只盲蛛不见了。

第二天下午，也就是在1938年6月4日这一天，西格蒙德·弗洛伊德教授/医生颠沛流离地告别了他最亲密、最熟悉，也最有归属感的城市维也纳，离开了这座他生活了近80年的城市。他将乘上东方快车，途经巴黎，开始在伦敦的流亡生活。

一切手续都办好了。出境许可证已经签发，他付了将近三分之一的家庭资产作为出走税，家具和文物不是被带走了，就是还在仓库里等着被转运到英国。尽管如此，还是有近二十个行李箱和袋子要随身带走，而带走的这些全都是他的个人物品。对一个老人来说，他拥有的东西实在是太多了。

他把出行的这天看作是黄粱一梦的开始，是他漫漫人生路中无用无负担的最后一程。

安娜是这次远行的总指挥，她眼睛留意着一切，手里拿着东西。她预订了两辆去火车西站的大出租车，安排好搬运工，买了车票，给售票员几个硬币预订了座位。她的手提包里装着"小旅行团"里所有人的护照、签证和其他文件。她提着的一个大篮子里装了几块冷熏肉，一锅自己做的香料面片汤和一堆包在擦碗布里还一直温热的小面包。在篮子的最底下，她藏了一瓶苦艾酒和几个极小的杯子。等过了边境线之后，她想要喝一口敬自由。

当一行人伴随着人们好奇的眼光和混杂的窃窃私语声穿过车站大厅时，安娜的妈妈落下了眼泪。安娜递给她一张面巾纸，抚摸着她的头，告诉她"我们会始终在一起"，然后一直前行。

安娜不像她父母那样爱维也纳，但也没有什么恨。她对自己出生的城市基本上没有什么值得一提的感觉，这次的离开对她来说，仅仅是躲避纳粹的一次成功逃亡，不喜也不忧。

站台上，人潮拥挤。有人喊叫，有人哀号，有人大笑，人们相互拥抱，尽情地亲吻或者争吵，朝着打开的火车车窗呼喊。几个人聚在一起，或者独自站在行李箱旁，带着迷茫的眼神，手里拿着天蓝色的火车票。

不知道出于什么原因，教授坚持要最后一个上车。他的女儿安娜使劲将他往车上推，推上铁台阶，试图将他推进车厢。

"放开我，我自己能行！"

这是教授在维也纳土地上的最后一句话。

安娜又看了一眼异常拥挤的火车站台，人群嘈杂的声音好像是要从高高的大厅顶部继续往上升，火车启程的哨子在刺耳地尖叫着。几个年轻人疯狂地拥抱着，挥动着手中的花、帽子和报纸，人群中到处都闪烁着红色的纳粹袖章。

当安娜准备转身上车时，她的视线又一次被一个人吸引住了。在接站大厅入口处，在最拥挤的人潮中，年轻的卖报员弗兰茨正一动不动地站在那里。他背靠墙站着，脸色异常苍白，似乎是正朝她的方向看过来，但因为离得太远，他眼睛的神情已经无法辨认。

哨子再次尖叫起来，列车员示意火车开动了，安娜终于上了车。

当她身后的门关上之后，火车笨重地颠簸了一下，开始前进。

她深深地呼了一口气，把额头贴在玻璃上。玻璃很清凉，当火车驶出维也纳西站时，下午的阳光刚好照射在她的脸上。

一切似乎又变好了一些，其实一直也都还行，至少最艰难的日子已经过去了。

在此之前的一天半的时间里，弗兰茨曾不止一次踮着脚尖悄悄溜进弗洛伊德家——迷宫一样的公寓。每次进去后，他都尽可能小心地把身后的门关上。当他用指尖在诊室门铃旁一个小铜牌上临摹教授的亲笔签名作为道别时，他的肚子有种奇怪的感觉，而当他很快走完楼梯的最后一段时，肚子里奇怪的感觉变成了满满的恶心。

他像笨拙的小狗一样穿过过道，有那么一瞬间，他觉得自己像是迷失在采盐场的隧道里。是的，就是很多年前他和小学同学一起去格蒙登游玩时参观过的那个采盐场。

那时候，他曾一直偷偷舔隧道壁，想品尝一下大地深处盐的味道，每次都因石头上尘埃的味道而大失所望。

那段回忆迅速地涌上他的心头，又迅速地退了回去。

他趔趄地从房子里走了出来。

雨水拍打在他的脸上，伯格街变成了一条湍溪，下水道井盖上"咕噜"地冒着褐色的污水。

椅子上空无一人。

当弗兰茨想往家走时，注意到在浓厚的雨雾后面，也就是街对面的一个大门里，隐隐约约有什么东西在活动。当他想仔细辨认时，却什么也没有。

可能是因为大雨，也有可能是国家秘密警察在执行任务，四周没有一个守卫。

弗兰茨弯着腰，一脚深一脚浅地往家走。

这一夜和第二天上午，他是在床上度过的。

床下像是一个摇曳的深渊，头顶上是破旧的壁纸，壁纸像是一堆模糊的奇怪物体。有些像是在相互摩擦着它们的身体，有些像是把四肢缠绕在一起，或者像是将嘴巴挤在一起，而转瞬之间又各自飞开，消失在混浊的房间空气中。

有时，弗兰茨的想法会溜出脑袋，在售货间游荡，跑到安静蛰伏在箱子里的雪茄那儿，还有下面几个荷约·蒙特雷的商标上。一想到这里，他不得不一头扎进放在床边的盥洗盆里，把之前的想法冲进下水道。

中午时分，他好受了一些。

下午两点半，他终于撑着一直发软的双腿下了床。

他走了出去，走向了维也纳火车西站。

大约45分钟之后，他站在了火车站接站大厅入口处，在最拥挤的人潮中，看着教授登上了火车。

因为离得太远，他看不清教授的眼睛。

当安娜将教授往铁台阶上推时，弗兰茨看见教授抬了抬自己的下颌。他的左手勾住扶手，右手按紧头上的帽子。他此刻看起来竟是如此消瘦和轻柔，安娜拉住他的胳膊，把他像孩子一样牵了进去时，弗兰茨没有一丝惊讶。

火车准时在15：25开动了，很快便离开了火车站向西驶去。

"一个人能承受住多少次别离？"弗兰茨心想，"也许比人们想象的要多，也许远远不止一次。没有什么像别离一样，留在哪里或去向何方，永远是个谜。"

有那么一瞬间，弗兰茨想直接向前倒下，脸朝下躺在站台的人行道上，像一件被落下的行李，被丢失了，或被忘记了，只有好奇的鸽子在四周跑动。

"这完全是在胡思乱想！"

他摇了摇头，睁大了眼睛。

他最后又看了一眼在阳光下闪烁着的火车轨道。然后，他转过身，再次穿过接站大厅往回走，来到维也纳下午的明亮中。

天空是亮蓝色的，雨水把沥青路面清洗干净了，灌木丛里有乌鸦在歌唱。火车站入口处，立着一盏煤气路灯，就是他当初刚到达维也纳时扶过的那盏。

"那是多久以前的事了？一年？半生？一辈子？"

他忍不住笑了，笑那个奇怪的小男孩，笑自己那时在这儿曾抱着路灯杆，头发上散发着森林里的树脂味，鞋上沾了一块污泥，额头后面藏着一些扭曲的希望。

突然，他意识到那个小男孩已经不存在了，已经消失不见了，在时间的长河里随波逐流，在时间的淹没中彻底下沉了。

"时间走得很快，"他想着，"也许可以说是有点儿太快了。"

他觉得自己在时间面前似乎已经长大了，或者说已经从那个不谙世事的本我中走出来了。

唯一留下的，只剩记忆中煤气路灯下那个修长的影子。

他深深吸了口气。

城市里充斥着夏天、柴油机和沥青的气味。

街面上，一辆电车正"叮铃"地驶过来。

在电车的一侧，有扇窗户上飘动着一面纳粹旗。

弗兰茨想起了母亲，她此刻可能正坐在湖岸边被阳光晒暖的木板上，面朝闪着微光的潺潺湖水哭泣。

他想起了奥托·森耶克，他的拐杖毫无用处地靠在店里的拐角处。

他还想起了教授，教授一定早就离开城市的边界了，可能已经到了下奥地利州的某片土豆地，正朝着伦敦疾驰。也许还可以一直零星地留下一点儿关于教授的印记。

一盏在昏暗中燃起的小灯，期待不来更多的东西，现在连更少也期待不来了。

电车"叮铃"着过去了，拐进玛丽亚希尔弗街。车窗里的旗子看起来像是在跳舞。

日子过得越长，生命显得越短。这是一个矛盾，事实却就是如此。那么，现在出现了一个问题：一个人应该怎么做才能把生命延长，把日子过短？

很多人都喜欢说话，而且总是忍不住想说话，喋喋不休，闲聊，讲演，几乎永远不会厌倦似的。

你偶尔会觉得，这个世界终于安静了，比如在教堂，或者在墓地。可遗憾的是，不一会儿，还是会有人站出来讲几句，也就是说，一群人在一起，总是要说话的，即便到了天堂或地狱也都是一样，人张着嘴，好像就是为了喋喋不休。

人们整天从嘴里冒出来的那些话，大部分都可以直接扔到垃圾堆里！

所有人都会说话，但是没有几个人知道自己究竟在干什么。

没有人真正通晓什么，没有人完全是专家，没有人有什么了不起的思想。

在当今世界，没有太多的思想有可能是好事。没有思想，几乎就是眼下时局对每个人的要求，无知成了时间的中心思想。人们的目光可以扫过全世界，却看不到什么东西，或者再用耳朵听一遍，也依然听不到什么东西。

"真相就是真相，什么也不用多说！"人们习惯了这样说。

才不是这样！

至少在这里，在幸福的维也纳有很多真相似是而非，比如躲在窗后的人们一直都想看见的，或者想听见的那些事情的真相。

在这片土地上，对某些人来说是正确的事情，对其他人来说却是巨大的谬论，反之亦然。

在凌晨三点和四点之间，是反叛的时间。这时，政治家们已经叫卖完了，酒鬼们找到了家，送奶工们还没有出门。

一个正派的人这时正躺在床上，或者坐在窗户后面凝视着黑暗。

有人说三点钟行动好，有的人不同意，认为四点行动好，因为四点时屋顶变成了银色。

外面漆黑一片，连个月牙也没有，马路上空空如也。

谁能往人们的脑子里面看？人们神经里的意图和动力终归是深不可测的，昨天还是个社会垃圾，今天换个帽子就变成了一个非常正派的人。

在三点和四点之间行动的，只有一个人，而且是孤身一人。

这当然是一个男人了，因为一个女人不会在一件疯狂的事情上浪费一秒钟时间。

有一个人说，那个人像是个中年人，而其他人对着石头和腿发誓，那个人绝对很年轻，因为他跑得那么快。

据说，当一切结束以后，那个人像闪电一样从摩参广场跑出来，然后闪到了伯格街上。那个人胆子很大，但也有点儿愚蠢。胆大者出现的地方，愚蠢也不会离得太远。当然，这个笨蛋得够幸运。

到处都在寻找这个神秘人，在每个角落里，在每个商店前，在公园里，在餐馆里，甚至在教堂里，所有人们看着、坐着或站着的地方——除了纳粹大本营！

四下里漆黑一片，没有星星，没有月亮，维也纳上空没有一线希望。因此，连那些坐在窗边的人，也不清楚事情到底是怎么发生的。

人们围观只是出于恶意。这种恶意一方面是因为好奇，另一方面会蒙住眼睛，人们只会看见自己想看的东西！

不论如何，国家秘密警察没能阻挠他。他知道可以从大都市酒店前面的三根标准大旗杆直接爬上去。对，就是那三面纳粹旗子，几乎把一半广场都遮起来了，一直在风中"嗒嗒"地响，惹人烦。他选了中间的那面，简单地将绳子剪断，让漂亮的纳粹旗子从又高又亮的地方落下来，掉到泥地上，皱巴巴脏兮兮地躺在那里。人们后来发现它时，只觉得可惜了那么好的布料。

据说，他之后从衬衫里拿出了一个包裹，也有人说并没有这样一个包裹出现，他随身带着的是没有包起来的《犯罪要件》。

他把绳子剪断了，纳粹的"卐"字跌落到污泥中，取而代之的是他把自己的东西——不管包了还是没有包——固定住并且升了上去，它像神圣的旗帜一样飘扬着。

然后，他就走了，像一道闪电一样走了。

关于他朝夜晚天空致敬的事情，是个谣言，只是几个坐在窗边窥视黑暗的人在赤裸裸地吹牛。

不管怎样，国家秘密警察直到天大亮了才知道这件事，他们得去堵住半个维也纳城幸灾乐祸的居民的嘴了。

神秘人有一副怎样的面孔？

只有一条线索。在清晨的第一缕阳光中，中间那根旗杆的最顶端挂着一条裤子。从下面可辨认的程度来看，那是一条棕色的男士高腰褶裤。它就那样挂在上面，有点儿被压皱了，其他的没什么特别的。不那么特别，也就意味着没有人可以轻易知道这条裤子的来历。

地面上的好戏开始了。所有人都在相互争吵着，每个人都在骂着对方。

因为太激动了，人们很长时间都没想起来去把裤子从上面拿下来。

最后终于还是有个人想到了去拉绳子，一下子吸引了所有人的注意。

就在这时，一阵风吹来。

这是突如其来的风，一股强风，一股劲风。这股风吹进了裤子里，把它给吹动了。

这风一吹，一下子便打开了人们的想象，那个神秘人的模样在吓傻了的或是傻到被吓着的各种描述中被吹成了型。

那不是一条普通的裤子。

那几乎只是半条裤子。

那是一条只有一个裤腿的裤子。

另一个裤腿大约在膝盖处被剪断了。

风从这条单腿裤里穿过，就在人们想把它取下来的那一瞬间。

裤子先是在上面来回飘动了很长时间，又非常突然地静止了，几乎是在空气中水平地躺着。那条棕色的有点儿被压皱了的又有点儿被弄平整了的裤腿，有那么短暂的一瞬间，在天空中看起来像是一根食指，像是一只巨大的正在给人们指路的食指。

它具体是在指向哪儿？它为地面上的人们留下了一个最至高无上的问号。它指向的肯定是远方，很远很远的地方。

胡赫尔夫人整夜在床上辗转难眠，看着房梁之间深邃的黑暗。

早在昨天傍晚，她心里就弥漫着一种异常的不安，一阵阵的不舒服，像是在低烧。

"可能是更年期提前了。"她这么想。

她很早就躺下了，却迟迟没有睡意。她就这么躺在床上，凝视着黑暗，在寂静中聆听着无声的夜。

"一座渔房里的寂静，"她想道，"听起来和森林里的寂静是不一样的，和沙夫山下冬日的寂静是不一样的，和自己内心的平静也是不一样的。"

她和那位能干的导游之间的故事很快就被证实是个错误，仅仅是随风飘散的幻想。

几天前，店老板又开始纠缠不休。在餐馆的厨房里，他把手放在了她脖子上，然后问了很多问题。这次，她又拿自编的党卫军一级突击大队长格哈莱特勒作为威胁，但是老板没有受到影响。

"为什么那个格哈莱特勒先生从来没有露过面？"他这样问道，同时，他的手从她的后背往下移动。

她从抽屉里拿出了一把大菜刀，沉默地朝着因惊讶而愣住的老板面前走了一步，然后割开了他的围裙，就像掀开了一个肮脏的帷幕，露出了他宽阔的腰身。

他抢过菜刀，砍在了木头砧板上，离开了。

她现在失业了，却并没有不开心。

空气很热，她的身体也很热。

时间像一道慵懒的影子在木屋里徐徐前进。

当月亮出现在灶台上方的排气窗里，在屋子里洒满苍白的光，她把右手放在心口，她哭了。过了几分钟，她又找回了平静，而之前的不安又弥漫于她全身，驱逐着她眼眶里最后几滴眼泪。

外面有一只小鸟在芦苇中扑打着，用翅膀有力地拍打着水面，叫得像一个嗓子沙哑的孩子。

湖边的小窗子里，隐约可以看见第一缕晨光。

她站起来，走了出去。

她光着脚，走进了湖里。

草地潮湿冰凉。

水面上升起了褐色的迷雾，可以看得见远处湖岸的轮廓。

她久久地站在那里，让水清洗着她的双脚，看着湖水怎样缓慢地被光线铺满。

一团小红点鲑轻轻碰着她的关节，头顶上的鸬鹚滑翔而过，对面的三个大纳粹"卐"字在昏暗中很是清晰。

她听见自己的心脏在跳动。

"我的孩子，"她闭上眼睛，她的后背一阵颤抖，"你在哪里，我的孩子？"

弗兰茨醒来时，他忍不住笑了。他发出的是一阵并不连续的笑声，像是他的笑声被扔向房间的拐角时发出的。然而，他感觉自己的笑声好像在天花板上爆炸了，在旧壁纸的各个方向上散落开来。

那一夜很短暂，对于做梦来说，太短暂了。

在他身体里仍迷失着几个梦境的碎片，还一直微弱地在他内心深处的某个地方发着微光。

他马上拿出铅笔和纸条，用流畅轻盈的词语写了下来。

他从床上爬起来，穿好衣服，然后拿着纸条和一卷胶带走到了街上。

天亮了，威宁尔街沉浸在柔和的晨曦之中，第一批走向市中心的行人前面都推着一个长长的影子。

弗兰茨踮起脚尖，伸直了胳膊，打了个哈欠。

像往常一样，他准时在报亭开门的时刻醒过来。

"一个称职的卖报员不需要闹钟。"奥托·森耶克这样说过，他说得很有道理。

弗兰茨试着将纸条贴在橱窗上。

"一个新的梦，新的一天。"他心想，"玻璃似乎要重新清洗了。"

在他身后，传来了柴油发动机越来越响的"嗒嗒"声。从还愿教堂向这里驶过来一辆过时的深色汽车，直接停在报亭前面。三个男人下了车，他们当中有一个正是那个满脸憔悴的官员。

"我们早就已经认识了，"他说，"还需要互相再介绍一下吗？"

弗兰茨摇了摇头。

那个憔悴的男人从外套口袋里拿出一盒烟，抽出一根细雪茄，点着了，注视着弗兰茨，看他怎样用牙齿咬断胶带，把纸条在玻璃上粘牢。

汽车的发动机箱传出了刺耳的"噼啪"声。

"哎呀。"一个男人在铁皮上抹了抹手，"看来要等一会儿了。"

憔悴的男人恼怒地瞥了他一眼，那个男人不说话了。

在他们身后，一位老妇人骑着一辆笨重的自行车从马路上颠簸而来，双脚踏着脚蹬，嘴里吹着小调。

街对面开着一扇窗，露出一只拿着剪刀的手，正在修剪天竺葵血红色的花冠。那只手把水浇到窗台上，又洒落到人行道上，正好是憔悴男人站着的光亮处。

"现在每天早上都过得这么漫长。"他疲惫地晃着头说，"能打扰一下吗？"

"稍等一下。"弗兰茨的身体离那张纸条更近了，专注地在上面又贴了一道。

"这根本就没有意义啊，年轻人！"憔悴的男人说。

"到时候就证明有意义了。"弗兰茨说，"另外，我的名字是弗兰茨！弗兰茨·胡赫尔，来自湖边的努斯多夫！"

"依我看，弗兰茨也可以是从迪鲁尔山来的，"憔悴的男人友善地说，"或者是下夫拉德尼茨来的汉斯，或者其他什么名字和什么地方。这对我们来说，完全没有区别。在大都市酒店里，所有的客人都一样。你是现在就跟我们走呢，还是等我发完脾气呢？"

弗兰茨又从胶带上撕下最后两条，贴到纸条上。他把手平摊在上面，闭上了眼睛。纸条触摸起来很温暖，犹如那片玻璃呼吸出的热气，手面上出现了几乎察觉不到的一丝丝起伏。

当再次睁开眼时，他看到了自己留下的指纹。

"我得把门关上，"弗兰茨说，"因为谁也不知道会发生什么。"

他关上门，将钥匙拧了整三圈。

当他被夹在两个男人中间带进车里时，他似乎一直能听到身后小铃铛轻柔的声音。

"真愚蠢！"他心想。

他上了车。

在将近7年之后，即1945年3月12日的早晨，城市上空笼罩着一份出奇的寂静。

夜色如同曙光中的迷雾，渐渐褪去。

电台里充满了暴风雨般的宣告，路上的一阵阵风驱赶着残留的一页旧报纸，也吹散了路上的尘埃。

几天前，人们又听到了新的关于爆炸袭击的传闻。所有人都在谈论着，却没有人知道真相。

如果不是非得上街的话，在大多数时间里，人们还是更愿意待在家里，或是躲在储藏室和地下室里。

夜里，漆黑的街道上，地下室窗户后面零星地闪着微光。当你弯着腰透过黯淡的玻璃，会看到一些因被烛光照耀而闪烁的面孔。

他们围坐在桌旁，静静地玩着纸牌。

威宁尔街上，几乎没什么人了。长凳上坐着一位老妇人，将面包屑撒给围绕在她脚边的鸽子。

鸽子是现在的街头和公园里唯一可见的鸟儿了，其他的自去年秋天起就都不见了。某天早晨，之前那些鸟儿就像被秘密召集一样，自城市西边全都结群飞走了。

此时，老妇人被一只快扑打进裙底的鸽子吓到了，惊恐地大叫起来。

她把装面包屑的小袋子藏到上衣口袋里，站起身蹒跚地离开了，不断地在路过的房门口谩骂着。

从腰带街那边快步走来一个女子，低着头，双手插兜，穿着一件从肩膀罩到膝盖的特大男士夹克。

当她张嘴发出"嗞"声，想把那群争夺面包屑的鸽子赶走时，能清楚瞥见她的牙齿：如珍珠般小而洁白，门牙之间有一隙显眼的空缺。

阿娜兹卡穿过街道，站住了。一辆拉煤的马车停下来，两匹拉货的马在她面前喘着粗气，驾座上坐着煤炭工。

他疲惫地看了一眼马车前方，黝黑的脸上清晰地印着两条淡亮的疤痕。

一辆喧嚷的汽车从她面前开过，阿娜兹卡看了他一眼，煤炭工便转入博尔茨曼街，消失了。

阿娜兹卡从维特哈默安装店经过，站在了离旧时森耶克报亭几步之遥的位置。

报亭的门框已经脱去一片片漆，橱窗也被一层厚厚的灰盖上了。

阿娜兹卡把额头顶在玻璃上，向里面窥去。整个屋子空荡荡的，老旧的柜台、墙上的架子和一把椅子——像一只四脚朝天僵死的动物倒置在房间中央。

通向里屋的门漏开了一条缝，缝隙之后一片漆黑。

阿娜兹卡把手和侧脸贴在玻璃上，闭上了眼睛。

在这短暂的片刻，她似乎感到这橱窗、整个房间甚至整个地面都在颤动。

呼出的气凝在玻璃上，她用食指在玻璃上面缓慢地画出了两条线。

当她转身要走时，她看到了门旁的纸条。

事实上，那只是一片在阳光下晒得发黄，边缘已经变黑的半页碎纸。纸的下半部已经被撕掉了，抑或仅仅是在经年累月中破损不见了。多亏粘在上面的好几道胶带，剩下的部分才得以保存。在那张纸上，阿娜兹卡辨识着她之前并不熟悉的笔迹。

笔迹已经褪色，拂去灰尘尚且可读，字迹小而歪歪扭扭，如同出自一个孩子的潦草手笔。她俯身靠近读了起来：

1938年6月7日

湖水已阅览了那段美妙的时光，天竺葵也在暗夜中闪烁，正如一团火焰，总是不知疲倦地舞蹈，那光……

纸条从这里被撕开了。

阿娜兹卡深吸了一口气，然后小心翼翼地撕下了胶带，将它卷起来装进了自己的男士夹克里。

她又回头朝报亭里面看了一眼，还是什么都没有。

她再次用手指轻柔地触击几下玻璃便离开了。

她经过那间罗斯胡贝尔肉铺，又一次感受到周围空气的震动。然而这次并没有产生幻觉，当她听到还愿教堂的钟声后，加快了脚步，以最快的速度开始奔跑。

天空充斥着发动机的轰鸣声，由远及近，一大片轰炸机自西边飞来，将整个城市笼罩在一片深色的阴影中。